经典童话系列丛书

Jingdiantonghua
Xiliecongshu

儿 歌 300 首

ERGESANBAISHOU

编文：海豚卡通 绘画：沈苑苑

上海人民美术出版社

儿歌 300 首

绘画：沈苑苑

责任编辑：曹欣渊

上海人民美术出版社出版发行

全国新华书店经销

深圳市鹰达印刷包装有限公司印刷

开本：787×1092　　1/24　　印张：13

2008 年 5 月第 5 版第 1 次印刷

ISBN　978-7-5322-2549-1

定价：24.80 元

策划：湖北海豚传媒有限责任公司

网址：www.dolphinmedia.cn　邮箱：dolphinmedia@vip.163.com

　　由于部分作者的工作单位和通讯地址不详，编者一时未能与作者联系，在此敬请谅解，并请作者速与出版社取得联系，以便办理相关事宜。

这些书里的高贵和纷纷的笑容

儿童文学作家　上海师范大学中文系教授 **梅子涵**

我们都是这样地把孩子们的阅读放在心上，因为知道他们每一日都在长大。阅读可以把一些优秀和高贵的东西搁在他们的精神里带到很久以后的感觉中和路途上，转瞬即逝的，实在不想错过。

等到长大了，看见他们那么空洞和无聊，没有优雅和趣味，很邋遢的语言和心思，那时我们的遗憾和后悔就都没有意思了。所以我们就开始注意地找，找一些最适合的书和不朽的故事，念了给他们听，让他们自己学会了阅读，快乐，又能渐渐地得到诗意得到良知，在这个中国的城市和乡村都开始了现代化行进的世纪里，这一件事情已经很普遍地被有孩子的父母们，被关怀童年的成年人，写进了计划，写进了日程，书城童书的架子前，就这样越来越人流不息，不息的人流都在找！

很久以前的《伊索寓言》，很久以前的《一千零一夜》，这都是很久很久以来，识字的人，不识字的人，识很多很多字的人，不识很多很多字的人，有非常丰富的知识的杰出的人，没有非常丰富的知识的普通的人，几乎全部听说过、阅读过的故事。她们是真正意义上的人的必读书、必知书了，是一个人有没有最基础的阅读目录，有没有真实的个人阅读史的再平常不过的标志。可是她们给予你的又是最至上的标准和智慧，使人的脑袋有清楚和明亮，有人格也有一生的策略。

在这一二百年的时间里，《格林童话》《安徒生童话》是任何一个完美童年的书桌上不会不放着的书，放在那儿，让你可以喜悦地捧起来，想像的世界里的故事成了你走得进去的"永无岛"，那里只有那个叫彼得·潘的男孩和梦境中才可能到达的地方，可是你现在只要捧起，津津有味，就一步跨入了！好近的，而且不止是玩，还有感动和很多很多的认识，童年因为这样的童话、因为格林和安徒生这样亮灿的名字，本身也就很有了童话的飘逸，而记性中飘逸的童话，是可能让一个人的一辈子都生机勃勃、快活又灵感叠发的。

我们都是这样地把孩子们的阅读放在心上，因为知道他们每一日都在长大。阅读可以把一些优秀和高贵的东西搁在他们的精神里带到很久以后的感觉中和路途上。

那么我们就把这样的一些再过很多很多年仍旧不朽的伟大书籍放到他们孩子们的小手上、小书包里，陪伴白日，也陪伴夜晚，她们就是安徒生写的那个梦神，孩子们长长的人生路上的美妙向往，纷纷都可以实现。

我们也都会纷纷地笑起来。

2003 年 9 月

经典童话系列丛书 content

生活儿歌

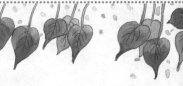

教育儿歌

穿衣歌

huā huā yī　zhēn měi lì
花花衣，真美丽，

bǎo bao zì jǐ xué chuān yī
宝宝自己学穿衣。

xiǎo shǒu shēn jìn yī xiù li
小手伸进衣袖里，

zài bǎ lǐng zi lǐ yi lǐ
再把领子理一理。

kòu zi kòu jìn xiǎo kòu yǎn
扣子扣进小扣眼，

yí gè yí gè duì zhěng qí
一个一个对整齐。

zuì hòu yī jīn lā yi lā
最后衣襟拉一拉，

duì zhe jìng zi xiào mī mī
对着镜子笑眯眯。

小阿哥

xiǎo ā gē kuài lè duō
小阿哥，快乐多，

zuò chuángshang chàng ér gē
坐床上，唱儿歌，

mā ma jiàn le xiào hē hē
妈妈见了笑呵呵，

bà ba chū wài mǎi táng guǒ
爸爸出外买糖果，

huí lái gěi wǒ chī jǐ gè
回来给我吃几个。

指甲花

zhǐ jiā huā   rǎn zhǐ jiǎ
指甲花，染指甲，

xiǎo mèi mei zuì ài tā
小妹妹，最爱它，

cǎi huā rǎn de shí zhǐ hóng
采花染得十指红，

shuāng shǒu biàn chéng liǎng duǒ huā
双手变成两朵花。

吵醒弟弟要你抱

mā ma zǎo qǐ wā hóng sháo
妈妈早起挖红苕,

gé bì gōng jī wō wō jiào
隔壁公鸡喔喔叫,

gōng jī gōng jī nǐ mò jiào
公鸡公鸡你莫叫,

chǎo xǐng dì di yào nǐ bào
吵醒弟弟要你抱。

穿裤歌

yì tiáo kù zi liǎng gè tǒng
一条裤子两个筒，

liǎng gè kù tǒng xiàng shān dòng
两个裤筒像山洞。

xiǎo bǎo bao lái chuān kù
小宝宝，来穿裤，

jiù xiàng huǒ chē zuān shān dòng
就像火车钻山洞，

zuǒ jiǎo zuān jìn zuǒ shān dòng
左脚钻进左山洞，

yòu jiǎo zuān jìn yòu shān dòng
右脚钻进右山洞。

wū wū wū wū wū wū
呜呜呜，呜呜呜，

liǎng liè huǒ chē jìn shān dòng
两列火车进山洞。

儿歌300首

噼噼啪

^{pī pī pā} ^{pī pī pā} ^{pī pī pā pā dǎ dà mài}
噼噼啪，噼噼啪，噼噼啪啪打大麦。

^{mài zi gāo} ^{mài zi duō} ^{mò chū miàn lái zuò mó mo}
麦子高，麦子多，磨出面来做馍馍。

^{mó mo tián} ^{mó mo xiāng} ^{dì di chī le zhǎng de pàng}
馍馍甜，馍馍香，弟弟吃了长得胖。

经典童话系列丛书

吃饭不挑剔

王兰英

xiǎo yáng ài chī cǎo　xiǎo jī ài chī mǐ
小羊爱吃草，小鸡爱吃米，

xiǎo tù ài chī cài　xiǎo māo ài chī yú
小兔爱吃菜，小猫爱吃鱼。

wǒ shì hǎo hái zi　chī fàn bù tiāo tī
我是好孩子，吃饭不挑剔。

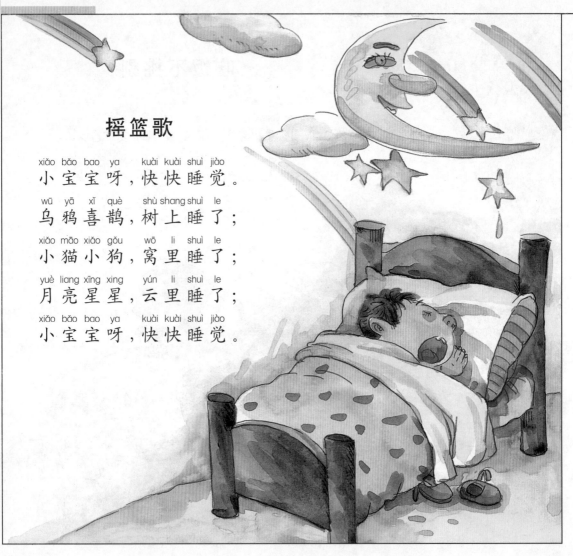

摇篮歌

xiǎo bǎo bao ya　　kuài kuài shuì jiào
小宝宝呀，快快睡觉。

wū yā xǐ què　　shù shang shuì le
乌鸦喜鹊，树上睡了；

xiǎo māo xiǎo gǒu　　wō li shuì le
小猫小狗，窝里睡了；

yuè liang xīng xing　　yún li shuì le
月亮星星，云里睡了；

xiǎo bǎo bao ya　　kuài kuài shuì jiào
小宝宝呀，快快睡觉。

什么有腿不会走

shén me yǒu tuǐ bú huì zǒu
什么有腿不会走？

shén me méi tuǐ yóu biàn jiǔ zhōu
什么没腿游遍九州？

shén me yǒu zuǐ bú huì shuō huà
什么有嘴不会说话？

shén me méi zuǐ zhī zhī niǔ niǔ
什么没嘴吱吱扭扭？

bǎn dèng yǒu tuǐ bú huì zǒu
板凳有腿不会走，

dà chuán méi tuǐ yóu biàn jiǔ zhōu
大船没腿游遍九州，

chá hú yǒu zuǐ bú huì shuō huà
茶壶有嘴不会说话，

xiǎo chē méi zuǐ zhī zhī niǔ niǔ
小车没嘴吱吱扭扭。

宝宝爱清洁

xiǎo yā jiào　gā gā gā
小鸭叫，呷呷呷，

jiào wǒ chángcháng jiǎn zhǐ jia
叫我常常剪指甲。

xiǎo gǒu jiào　wāngwāngwāng
小狗叫，汪汪汪，

jiào wǒ chángcháng huàn yī shang
叫我常常换衣裳。

xiǎo niǎo jiào　zhī zhī zhī
小鸟叫，吱吱吱，

jiào wǒ chángcháng shuā yá chǐ
叫我常常刷牙齿。

xiǎo jī jiào　jī jī jī
小鸡叫，叽叽叽，

jiào wǒ xǐ liǎn xǐ bó zi
叫我洗脸洗脖子。

人人见了都欢喜

bù shū tóu bù xǐ liǎn
不梳头，不洗脸，

méi rén kàn shàng yǎn
没人看上眼。

shū yi shū xǐ yi xǐ
梳一梳，洗一洗，

rén rén jiàn le dōu huān xǐ
人人见了都欢喜。

吃饭不挑食

咪咪

mǐ fàn bái bái mán tou xiāng
米饭白白馒头香，

wō tou jiān jiān miàn tiáo cháng
窝头尖尖面条长。

luó bo bái cài yíng yǎng hǎo
萝卜白菜营养好，

chī de duō lái zhǎng de zhuàng
吃得多来长得壮。

wǒ men chī fàn bù tiāo shí
我们吃饭不挑食，

bà ba mā ma dōu kuā jiǎng
爸爸妈妈都夸奖！

太阳公公起得早

鲁兵

太阳公公起得早，
他怕宝宝睡懒觉。
爬上窗口瞧一瞧，
咦？宝宝不见了。
宝宝正在院子里，
一二一二做早操。

十个手指头

袁秀兰

yì shuāng xiǎo xiǎo shǒu　shí gè shǒu zhǐ tou
一双小小手，十个手指头。

yǒu gāo yǒu dī　yǒu pàng yǒu shòu
有高有低，有胖有瘦。

nǐ bāng wǒ chuān yī　wǒ bāng nǐ kòu kòu
你帮我穿衣，我帮你扣扣。

shí gè shǒu zhǐ tou　dōu shì hǎo péng you
十个手指头，都是好朋友。

都大一岁了

郑春华

xīn nián hǎo　　xīn nián hǎo
新年好！新年好！

wǒ sòng bù wá wa　yì dǐng xiǎo hóng mào
我送布娃娃一顶小红帽。

bù wá wa　　mī mī xiào
布娃娃，眯眯笑，

shēn shǒu yào wǒ bào
伸手要我抱。

āi ya ya　　bú bào　　bú bào
哎呀呀，不抱！不抱！

wǒ men dōu dà yí suì le
我们都大一岁了，

nǐ ya　　zhī dào bù zhī dào
你呀，知道不知道？

粗心的小画家

许浪

dīng dīng shì gè xiǎo huà jiā
丁丁是个小画家,

hóng lán qiān bǐ yí dà bǎ
红蓝铅笔一大把。

huà zhī páng xiè sì tiáo tuǐ
画只螃蟹四条腿,

huà zhī yā zi jiān zuǐ ba
画只鸭子尖嘴巴,

huà zhī xiǎo tù yuán ěr duo
画只小兔圆耳朵,

huà pǐ dà mǎ méi wěi ba
画匹大马没尾巴。

hā hā hā　hā hā hā
哈哈哈,哈哈哈,

zhēn shì gè cū xīn de xiǎo huà jiā
真是个粗心的小画家。

小圆镜

再耕

xiǎo yuán jìng　　míng liàng liàng
小圆镜，明亮亮，

duì zhe wá wa lái zhào xiàng
对着娃娃来照相，

wá wa zāng　　tā yě zāng
娃娃脏，它也脏，

wá wa piào liang tā piào liang
娃娃漂亮它漂亮。

儿歌 300 首

大苹果

wǒ shì yí gè dà píng guǒ
我是一个大苹果，

xiǎo péng you men dōu ài wǒ
小朋友们都爱我。

qǐng nǐ xiān qù xǐ xǐ shǒu
请你先去洗洗手，

yào shì shǒu zāng bié pèng wǒ
要是手脏别碰我。

小刺猬理发

鲁兵

xiǎo cì wei qù lǐ fà
小刺猬，去理发，

cā cā cā cā cā cā
嚓嚓嚓，嚓嚓嚓，

lǐ wán tóu fa qiáo qiáo tā
理完头发瞧瞧它，

bú shì xiǎo cì wei
不是小刺猬，

shì gè xiǎo wá wa
是个小娃娃。

打电话

圣野

你做妈妈，我做娃娃。

妈妈娃娃，打打电话：

"喂喂，妈妈，你早呀！"

"哎哎，娃娃，你好呀！"

小白鸽

gē ge yǒu zhī xiǎo bái gē
哥哥有只小白鸽，
xiǎo bái gē ya ài chàng gē
小白鸽呀爱唱歌。
gū gū gū gū gū gū
咕咕咕，咕咕咕，
gē ge tīng le xiào hē hē
哥哥听了笑呵呵。

儿歌300首

吃饼干

郑春华

bǐng gān yuán yuán　　yuán yuán bǐng gān
饼干圆圆，圆圆饼干。

yòng shǒu bāi kāi　　biàn chéng xiǎo chuán
用手掰开，变成小船。

nǐ chī yí bàn　　wǒ chī yí bàn
你吃一半，我吃一半。

ā wū yì kǒu　　xiǎo chuán　zhēn tián
啊呜一口，"小船"真甜。

上幼儿园

雨山

chuān shàng huā yī fu
穿上花衣服，

dài shàng huā shǒu juàn
带上花手绢，

gāo gāo xìng xìng shuō zài jiàn
高高兴兴说再见，

zhēn zhen yào shàng yòu ér yuán
珍珍要上幼儿园。

好宝宝

xiǎo niǎo zì jǐ fēi
小 鸟 自 己 飞，

xiǎo mǎ zì jǐ pǎo
小 马 自 己 跑，

wǒ shì hǎo bǎo bao
我 是 好 宝 宝，

bú yòng dà rén bào
不 用 大 人 抱。

大老虎

圣野

bái bái mǐ fàn　　dòu fu jī dàn
白白米饭，豆腐鸡蛋，

qīng cài ròu tāng　　pèn xiāng pèn xiāng
青菜肉汤，喷香喷香。

wǒ lái zhuāng gè dà lǎo hǔ
我来装个大老虎，

ā wū yì kǒu dōu chī guāng
啊呜一口都吃光。

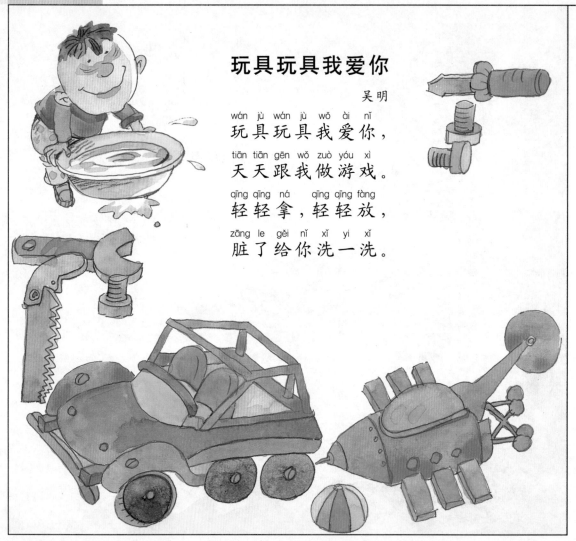

玩具玩具我爱你

吴明

wán jù wán jù wǒ ài nǐ
玩具玩具我爱你，

tiān tiān gēn wǒ zuò yóu xì
天天跟我做游戏。

qīng qīng ná　 qīng qīng fàng
轻轻拿，轻轻放，

zāng le gěi nǐ xǐ yi xǐ
脏了给你洗一洗。

气球

丁曲

hóng qì qiú
红气球，

huáng qì qiú
黄气球，

lù qì qiú
绿气球，

xiàng qún xiǎo kē dǒu
像群小蝌蚪，

lán tiān shàngmian yóu
蓝天上面游……

儿
歌
300
首

搭积木

程宏明

布娃娃，你别哭，

我用积木搭小屋，

小屋真漂亮，

红门绿窗户。

来吧，来吧，

我们一起住。

梦里笑

马玉芝

cǎo dì shang jìng qiāo qiāo
草地上，静悄悄。

bù wá wa shuì zháo le
布娃娃，睡着了。

gěi tā gài shàng huā shǒu juàn
给她盖上花手绢，

tā zài mèng li duì wǒ xiào
她在梦里对我笑。

儿歌 300 首

新年来到

xīn nián lái dào　　rén rén huān xiào
新年来到，人人欢笑，

gū niang yào huā　　xiǎo zi yào pào
姑娘要花，小子要炮，

lǎo tài tai yào kuài dà nián gāo
老太太要块大年糕，

lǎo yé ye yào dǐng xīn zhān mào
老爷爷要顶新毡帽。

天上玩玩

鲁兵

yuè liang yuán yuán
月 亮 圆 圆，

xiàng zhī xiǎo pán
像 只 小 盘；

yuè liang wān wān
月 亮 弯 弯，

xiàng zhī xiǎo chuán
像 只 小 船；

zuò shàng xiǎo chuán
坐 上 小 船，

tiān shàng wán wán
天 上 玩 玩。

小猫

xiǎo māo zhú yi gāo　tiào zài liǔ shù shāo
小猫主意高，跳在柳树梢。

xì chuī xì dǎ chàng qǐ lái
细吹细打唱起来，

xiān chàng yú　　hòu chàng xiā
先唱鱼，后唱虾，

zài chàng gōng jī　　lài há ma
再唱公鸡、癞蛤蟆。

lǎo hǔ tīng jiàn yào māo jiāo
老虎听见要猫教，

xiǎo māo shù shang yáo yáo tóu
小猫树上摇摇头，

lǎo hǔ qì de shuāng jiǎo tiào
老虎气得双脚跳，

xiǎo māo shù shang hā hā xiào
小猫树上哈哈笑。

太阳起西往东落

太阳起西往东落，听我唱个颠倒歌，

天上打雷没有响，地下石头滚上坡，

江里骆驼会下蛋，山上鲤鱼搭成窝，

腊月苦热直流汗，六月暴冷打哆嗦，

姐姐房中头梳手，门外口袋把驴驮。

儿歌300首

光头

guāng tóu guāng tóu　xià yǔ bù chóu
光头光头，下雨不愁，

rén jiā yǒu sǎn　wǒ yǒu guāng tóu
人家有伞，我有光头。

yòu yuán yòu guāng　yòu liàng yòu yóu
又圆又光，又亮又油，

yǔ shuǐ bù zhān　tiān xià gǎn zǒu
雨水不沾，天下敢走。

拉锯

lā jù sòng jù nǐ lái wǒ qù
拉锯，送锯；你来，我去；

lā yì bǎ sòng yì bǎ
拉一把，送一把，

wá wa kuài kuài zhǎng zhǎng dà qí bái mǎ
娃娃快快长，长大骑白马。

三岁伢

sān suì de yá　hui zāi cōng　yì zāi zāi dào lù dāngzhōng
三岁的伢，会栽葱，一栽栽到路当中，

guò lù de　mò shēn shǒu　ràng tā kāi huā jiē shí liu
过路的，莫伸手，让它开花结石榴。

shí liu dù li yì hú yóu　liú gěi jiě jie hǎo shū tóu
石榴肚里一壶油，留给姐姐好梳头。

dà jiě shū gè pán lóng jì　èr jiě shū gè zǒu mǎ lóu
大姐梳个盘龙髻，二姐梳个走马楼。

zhǐ yǒu sān jiě bú huì shū　yì shū shū gè hóu zi gǔn xiù qiú
只有三姐不会梳，一梳梳个猴子滚绣球，

yì gǔn gǔn dào huáng hè lóu
一滚滚到黄鹤楼。

摇摇船

yáo yáo yáo
摇 摇 摇，

yì yáo yáo dào wài pó qiáo
一 摇 摇 到 外 婆 桥，

wài pó jiào wǒ hǎo bǎo bao
外 婆 叫 我 好 宝 宝，

táng yì bāo guǒ yì bāo
糖 一 包，果 一 包，

hái yǒu bǐng er hái yǒu gāo
还 有 饼 儿 还 有 糕，

chī le gāo bǐng shàng xué xiào
吃 了 糕 饼 上 学 校。

虫虫飞

chóng chóng chóng chóng fēi
虫 虫 虫 虫 飞，

fēi dào nán shān hē lù shuǐ
飞 到 南 山 喝 露 水。

lù shuǐ hē bǎo le
露 水 喝 饱 了，

huí tóu jiù pǎo le
回 头 就 跑 了。

小巴狗

xiǎo bā gǒu　guà líng dang　dīng dāng dīng dāng dào　jí shang
小巴狗，挂铃铛，丁当丁当到集上。

ài chī táo　táo yǒu máo　ài chī xìng　xìng yòu suān
爱吃桃，桃有毛，爱吃杏，杏又酸，

ài chī lǐ zi miàn dān dān　ài chī xiǎo zǎo gē bēng tián
爱吃李子面单单，爱吃小枣咯嘣甜。

小狗汪汪

xiǎo gǒu wāngwāng
小狗汪汪，

zǒu lù huāngzhāng
走路慌张，

pèng dào chá gāng
碰到茶缸，

dīng dīng dāng dāng
丁丁当当！

zhuàng fān miàn pén
撞翻面盆，

kuānglāngkuānglāng
哐啷哐啷！

pèngshàngzhuānqiáng
碰上砖墙，

wāngwāngwāngwāng
汪汪汪汪！

经典童话系列丛书

抓痒痒

yì zhuā jīn
一抓金，

èr zhuā yín
二抓银，

sān zhuā bú xiào
三抓不笑，

shì gè dà hǎo rén
是个大好人。

小豆芽

xiǎo dòu yá　wāi wāi zuǐ　pàng dū dū er méi zhǎng tuǐ
小豆芽，歪歪嘴，胖嘟嘟儿没长腿。

méi zhǎng tuǐ　zǎ zǒu lù　dūn zài shuǐ li dǎ hū lu
没长腿，咋走路，蹲在水里打呼噜。

shuì yí jiào　xǐng lái le　shēn chū xiǎo tuǐ cǎi gāo qiāo
睡一觉，醒来了，伸出小腿踩高跷。

经典童话系列丛书

小槐树

xiǎo huái shù　　jiē yīng táo
小槐树，结樱桃，

yáng liǔ shù shang jiē là jiāo
杨柳树上结辣椒，

chuī zhe gǔ　　dǎ zhe hào
吹着鼓，打着号，

tái zhe dà chē lā zhe jiào
抬着大车拉着轿。

yíng zi tī sǐ lú　　mǎ yǐ cǎi duàn qiáo
蝇子踢死驴，蚂蚁踩断桥。

mù tou chén le dǐ　　shí tou shuǐ zhōng piāo
木头沉了底，石头水中漂。

xiǎo jī diāo gè è lǎo yīng
小鸡叼个饿老鹰，

xiǎo lǎo shǔ lā gè dà lí māo
小老鼠拉个大狸猫。

nǐ shuō hǎo xiào bù hǎo xiào
你说好笑不好笑？

儿

歌

300

首

小老鼠送礼

xiǎo lǎo shǔ　qù sòng lǐ
小老鼠，去送礼，

tí zhe ròu　tiāo zhe mǐ
提着肉，挑着米，

qiú māo bié zài chī zì jǐ
求猫别再吃自己。

māo xiào le　　xiè xie nǐ
猫笑了："谢谢你！"

yì zhuǎ zhuā jìn zuǐ ba li
一爪抓进嘴巴里。

村前一棵大柳树

cūn qián yì kē dà liǔ shù
村 前 一 棵 大 柳 树,

jiē de sāng shèn chéng dū lū
结 的 桑 椹 成 嘟 噜。

ná kuài zhuān tou dǎ yí gùn
拿 块 砖 头 打 一 棍,

luò xià yì duī hú luó bo
落 下 一 堆 胡 萝 卜。

葡萄

pú táo téng　　pá de gāo
葡萄藤，爬得高，

pá dào jià shang chuī pào pao
爬到架上吹泡泡，

chuī le yí chuàn yòu yí chuàn
吹了一串又一串，

chuànchuàn dōu shì tián pú táo
串串都是甜葡萄。

做习题

邓德明

xiǎo tiáo pí　zuò xí tí　　xí tí nán　huà xiǎo yàn
小调皮，做习题。习题难，画小雁；

xiǎo yàn fēi　huà wū guī　wū guī pá　huà xiǎo mǎ
小雁飞，画乌龟；乌龟爬，画小马；

xiǎo mǎ pǎo　huà xiǎo māo　xiǎo māo jiào　xià yí tiào
小马跑，画小猫；小猫叫，吓一跳。

xué wén huà　pà dòng nǎo　kàn nǐ zěn me xué de hǎo
学文化，怕动脑，看你怎么学得好？

儿

歌

300

首

小黄狗

<ruby>小<rt>xiǎo</rt></ruby><ruby>黄<rt>huáng</rt></ruby><ruby>狗<rt>gǒu</rt></ruby>，<ruby>汪<rt>wāng</rt></ruby><ruby>汪<rt>wāng</rt></ruby><ruby>叫<rt>jiào</rt></ruby>，<ruby>吓<rt>xià</rt></ruby><ruby>了<rt>le</rt></ruby><ruby>妹<rt>mèi</rt></ruby><ruby>妹<rt>mei</rt></ruby><ruby>一<rt>yí</rt></ruby><ruby>大<rt>dà</rt></ruby><ruby>跳<rt>tiào</rt></ruby>，

<ruby>妹<rt>mèi</rt></ruby><ruby>妹<rt>mei</rt></ruby><ruby>转<rt>zhuǎn</rt></ruby><ruby>身<rt>shēn</rt></ruby><ruby>回<rt>huí</rt></ruby><ruby>来<rt>lái</rt></ruby><ruby>看<rt>kàn</rt></ruby>，<ruby>原<rt>yuán</rt></ruby><ruby>来<rt>lái</rt></ruby><ruby>是<rt>shì</rt></ruby><ruby>哥<rt>gē</rt></ruby><ruby>哥<rt>ge</rt></ruby><ruby>学<rt>xué</rt></ruby><ruby>狗<rt>gǒu</rt></ruby><ruby>叫<rt>jiào</rt></ruby>。

月亮明

yuè liang míng　　yuè liang liàng　　gē ge qǐ lái xué mù jiàng
月亮明，月亮亮，哥哥起来学木匠，

sǎo sao qǐ lái nà xié dǐ　　pó po qǐ lái tuī nuò mǐ
嫂嫂起来纳鞋底，婆婆起来推糯米。

dōng yì jiǎo　　xī yì jiǎo　　yì jiǎo cǎi zhe mǔ jī pó
东一脚，西一脚，一脚踩着母鸡婆。

mǔ jī zhǎn chì pū pū fēi　　jīng xǐng xióng jī jiào wō wō
母鸡展翅扑扑飞，惊醒雄鸡叫喔喔。

儿

歌

300

首

野牵牛

金波

yě qiān niú   pá gāo lóu   gāo lóu gāo   pá shù shāo
野牵牛，爬高楼；高楼高，爬树梢；

shù shāo cháng   pá dōng qiáng   dōng qiáng huá   pá lí ba
树梢长，爬东墙；东墙滑，爬篱笆；

lí ba xì   bù gǎn pá   tǎng zài dì shang chuī lǎ ba
篱笆细，不敢爬，躺在地上吹喇叭；

dī dī dā   dī dī dā
嘀嘀哒！嘀嘀哒！

下雨

xià yǔ li　　mào pào li
下雨哩，冒泡哩，

xiǎo nī er　dài zhe cǎo mào li
小妮儿，戴着草帽哩。

cǎo mào jiān　dǐng zhe tiān
草帽尖，顶着天；

tiān dǎ léi　hōng lōng hōng lōng yòu yì huí
天打雷，轰隆轰隆又一回。

儿歌300首

小花猫

xiǎo huā māo　shàng xué xiào
小花猫，上学校，

zhè ěr duo tīng　nà ěr duo mào
这耳朵听，那耳朵冒，

nǐ shuō kě xiào bù kě xiào
你说可笑不可笑。

盖花楼

gài gài gài huā lóu
盖！盖！盖花楼。

huā lóu dī pèng zhe jī
花楼低，碰着鸡。

jī xià dàn pèng zhe yàn
鸡下蛋，碰着雁。

yàn diāo mǐ pèng zhe xiǎo hái jiù shì nǐ
雁叼米，碰着小孩就是你。

儿
歌
300
首

懒汉懒

lǎn hàn lǎn　　zhī máo tǎn
懒汉懒，织毛毯，

máo tǎn zhī bù qí　jiù qù xué biān lí
毛毯织不齐，就去学编篱。

biān lí biān bù jǐn　jiù qù xué mò fěn
编篱编不紧，就去学磨粉。

mò fěn mò bú xì　jiù qù xué chàng xì
磨粉磨不细，就去学唱戏。

chàng xì bú rù diào　jiù qù xué tái jiào
唱戏不入调，就去学抬轿。

tái jiào tái de màn　zhǐ hǎo chī bái fàn
抬轿抬得慢，只好吃白饭。

bái fàn chī bù chéng　zhǐ hǎo kǔ yì shēng
白饭吃不成，只好苦一生。

小老鼠抬花轿

庄永春

xiǎo lǎo shǔ tái huā jiào jiào shang zuò zhe dà huā māo
小老鼠，抬花轿，轿上坐着大花猫。

dà huā māo bì zhe yǎn hū hū lū lū shuì dà jiào
大花猫，闭着眼，呼呼噜噜睡大觉。

小白鹅上学校

赵家瑶

xiǎo bái é shàng xué xiào
小白鹅，上学校，

zǒu yi zǒu yáo sān yáo
走一走，摇三摇，

dōng wàng wàng xī qiáo qiáo
东望望，西瞧瞧，

zǒu dào xué xiào chí dào le
走到学校迟到了！

猪八戒嘴巴长

猪八戒，嘴巴长。

嘴巴长，吃生姜。

生姜辣，吃西瓜。

西瓜甜，吃捞面。

捞面长，吃谷糠。

谷糠粗，吃豆腐。

豆腐软，放油煎。

豆腐香，做菜汤。

菜汤咸，别加盐

八戒吃得肚儿圆。

种南瓜

xiǎo chú tou　shǒuzhōng ná　wū qián wū hòu zhòng nán guā
小锄头，手中拿，屋前屋后种南瓜。

lù sè téng　pá shàng jià　jīn sè huā er xiàng lǎ ba
绿色藤，爬上架，金色花儿像喇叭。

dī dī dā　dī dī dā　chuī chuī dǎ dǎ jiē nán guā
嘀嘀哒，嘀嘀哒，吹吹打打结南瓜。

丫头丫

yā tou yā　　dǎ mà zha
丫头丫，打蚂蚱；

mà zha jiào　　yā tou xiào
蚂蚱叫，丫头笑；

mà zha fēi　　yā tou zhuī
蚂蚱飞，丫头追；

mà zha bèng de gāo
蚂蚱蹦得高，

xià de yā tou yí dà tiào
吓得丫头一大跳。

狼外婆

咕嘟咕嘟颠颠，颠到外婆门前，

外婆出来赶狗，骑着花马就走。

"外婆"问我："咋个不下马？"

我说："这里不是外婆家。"

"外婆"问我："说的什么话？"

我说："你的屁股后面有条狼尾巴。"

张打铁

zhāng dǎ tiě lǐ dǎ tiě
张打铁，李打铁，

dǎ bǎ jiǎn dāo sòng jiě jie
打把剪刀送姐姐。

jiě jie liú wǒ xiē yi xiē
姐姐留我歇一歇，

wǒ bù xiē
我不歇，

wǒ yào huí jiā xué dǎ tiě
我要回家学打铁。

月亮走

yuè liang zǒu　　wǒ yě zǒu
月亮走，我也走，

wǒ gěi yuè liang tí zhú lǒu
我给月亮提竹篓。

zhú lǒu lǐ miàn liǎng gè dàn
竹篓里面两个蛋，

ná gěi wá wa xià xī fàn
拿给娃娃下稀饭。

跳花墙

yáng　yáng　　tiào huā qiáng　zhuā bǎ cǎo　wèi nǐ niáng
羊，羊！跳花墙，抓把草，喂你娘。

nǐ niáng méi zài jiā　wèi nǐ men lǎo gē sā
你娘没在家，喂你们老哥仨。

小姑娘会梳头

xiǎo gū niang huì shū tóu
小姑娘，会梳头，

yì shū shū dào mài zi shóu
一梳梳到麦子熟。

mài zi mò chéngmiàn
麦子磨成面，

zhī ma mò chéng yóu
芝麻磨成油，

huáng guā pá shàng jià
黄瓜爬上架，

qié zi dǎ dī liū
茄子打滴溜。

经典童话系列丛书

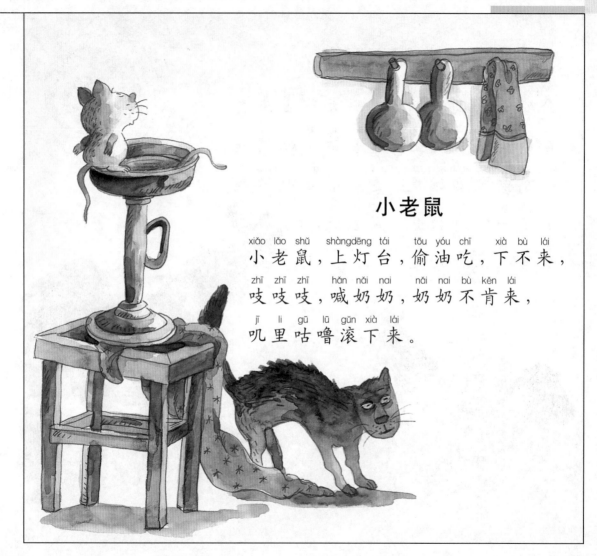

小老鼠

xiǎo lǎo shǔ shàng dēng tái tōu yóu chī xià bù lái
小老鼠，上灯台，偷油吃，下不来，

zhī zhī zhī hǎn nǎi nai nǎi nai bù kěn lái
吱吱吱，喊奶奶，奶奶不肯来，

jī li gū lū gǔn xià lái
叽里咕噜滚下来。

小鸡一家

gōng jī bà ba gāo shēng tí jiào xǐng tài yáng shàng bān qù
公鸡爸爸高声啼，叫醒太阳上班去。

mǔ jī mā ma ài měi lì duì zhe jìng zi máng shū xǐ
母鸡妈妈爱美丽，对着镜子忙梳洗。

xiǎo jī bǎo bao zhēn wán pí zhuī zhe xiǎo chóng zuò yóu xì
小鸡宝宝真顽皮，追着小虫做游戏。

xiǎo jī yì jiā zhēn kuài lè wō wō wō
小鸡一家真快乐，喔喔喔……

gū gū gū jī jī jī
咕咕咕……叽叽叽……

红孩子

黎中

hóng xié zi　hóng wà zi
红鞋子，红袜子，

hóng kù zi　hóng guà zi
红裤子，红褂子，

hóng sè tóu shéng zhā biàn zi
红色头绳扎辫子，

zài dài yì dǐng hóng mào zi
再戴一顶红帽子。

āi yō yo　nǎ li lái de hóng hái zi
哎哟哟，哪里来的红孩子。

老鼠打电话

冯幽君

xiǎo lǎo shǔ　　wěi ba qiào
小老鼠，尾巴翘，

dǎ diàn huà　　bù bō hào
打电话，不拨号，

ná qǐ diàn huà zhī zhī jiào
拿起电话吱吱叫，

nǐ shuō kě xiào bù kě xiào
你说可笑不可笑。

穿靴子的老鼠

张秋生

xiǎo lǎo shǔ　ài dǎ bàn　chuān shuāng xuē zi guāng shǎn shǎn
小老鼠，爱打扮，穿 双靴子光闪闪。

zǒu lái zǒu qù zhēn shén qì　hǎo xiàng yí wèi dà yǎn yuán
走来走去真神气，好像一位大演员。

xiǎo lǎo shǔ　tǐng zhe xiōng　yì zǒu zǒu dào māo gēn qián
小老鼠，挺着胸，一走走到猫跟前。

chuān zhe xuē zi pǎo bú kuài　zhī de yì shēng wán le dàn
穿着靴子跑不快，吱的一声完了蛋。

不倒翁

shuō nǐ dāi　nǐ bù dāi
说你呆，你不呆，

hú zi yí dà bǎ　yàng zi xiàng xiǎo hái
胡子一大把，样子像小孩。

shuō nǐ dāi　nǐ bù dāi
说你呆，你不呆，

bǎ nǐ yì tuī nǐ yì wāi　yào nǐ shuì xià qù
把你一推你一歪，要你睡下去，

nǐ yòu zhàn qǐ lái
你又站起来。

小板凳

xiǎo bǎn dèng　nǐ bié wāi
小板凳，你别歪，

ràng wǒ diē die zuò xià lái
让我爹爹坐下来。

wǒ tì diē die chuí chuí bèi
我替爹爹捶捶背，

diē die jiào wǒ hǎo bǎo bèi
爹爹叫我好宝贝。

拉大锯

lā dà jù　chě dà jù　lǎo lao jiā　chàng dà xì
拉大锯，扯大锯，姥姥家，唱大戏；

jiē guī nǚ　qǐng nǚ xù　xiǎo wài sūn zi yě yào qù
接闺女，请女婿，小外孙子也要去。

小木盆

xiǎo mù pén　yuán yòu yuán　zuò shàng mù pén xià dōng diàn
小木盆，圆又圆，坐上木盆下东淀。

dōng diàn lián huā kāi yí piàn　dǎ le lián peng yí chuànchuàn
东淀莲花开一片，打了莲蓬一串串。

bō lián zi er　zhǔ xiāng fàn
剥莲子儿，煮香饭，

xiān gěi diē niáng jìng yì wǎn
先给爹娘敬一碗。

小小子儿

xiǎo xiǎo zi er　kāi pù zi er
小小子儿，开铺子儿，

kāi kāi pù zi er liǎng shàn mén er
开开铺子儿两扇门儿。

xiǎo zhuō zi er　xiǎo yǐ zi er
小桌子儿，小椅子儿，

wū mù kuài zi er xiǎo dié zi er
乌木筷子儿小碟子儿。

头字歌

tiān shang rì tou　dì xià shí tou　zuǐ li shé tou　shǒushang zhǐ tou
天上日头，地下石头；嘴里舌头，手上指头；

zhuō shang bǐ tou　chuángshang zhěn tou　bēi shàng fǔ tou　pá shàngshān tou
桌上笔头，床上枕头；背上斧头，爬上山头；

xǐ zài méi tou　lè zài xīn tou
喜在眉头，乐在心头。

看天空

月亮圆圆，像个盘盘，
我要上去，找你玩玩。

星星晶晶，好像明灯，
我要上去，拿你照明。

天河长长，好像长江，
我要上去，坐船逛逛。

丢手绢

xiǎo shǒu juàn　　xiǎo shǒu juàn
小手绢，小手绢，

bǎ tā diū zài shuí shēn biān
把它丢在谁身边？

nǎ ge shì wǒ hǎo péng you
哪个是我好朋友，

qǐng nǐ zì jǐ wǎng hòu kàn
请你自己往后看。

儿

歌

300

首

月亮弯弯弯上天

yuè liang wān wān wān shàng tiān
月亮弯弯弯上天，

niú jiǎo wān wān wān liǎng biān
牛角弯弯弯两边，

lián dāo wān wān hǎo gē cǎo
镰刀弯弯好割草，

lí tou wān wān hǎo zhòng tián
犁头弯弯好种田。

真稀奇

xī qí xī qí zhēn xī qí
稀奇稀奇真稀奇，

má què cǎi sǐ lǎo mǔ jī
麻雀踩死老母鸡，

mǎ yǐ shēncháng sān chǐ liù
蚂蚁身长三尺六，

bā shí suì de lǎo tóu zuò zài yáo chē li
八十岁的老头坐在摇车里。

竹马

wǒ de zhú mǎ zhēn zhèng hǎo
我的竹马真正好，

bù chī liào lái bù chī cǎo
不吃料来不吃草，

qí shàng tā tā jiù pǎo
骑上它，它就跑；

pǎo dào tài shān chéng chéng liáng
跑到泰山乘乘凉，

pǎo dào dōng hǎi xǐ gè zǎo
跑到东海洗个澡！

两只老虎

liǎng zhī lǎo hǔ　liǎng zhī lǎo hǔ
两只老虎，两只老虎，

pǎo de kuài　pǎo de kuài
跑得快，跑得快！

yì zhī méi yǒu ěr duo
一只没有耳朵，

yì zhī méi yǒu wěi ba
一只没有尾巴，

zhēn qí guài　zhēn qí guài
真奇怪，真奇怪！

儿歌300首

搭井台

搭呀搭井台，搭好井台打水喝呀！

打出苦水灌菜田，打出甜水沏香茶。

甜水苦水打没了，

稀里哗啦拆了它。

金钩钩

田地

jīn gōu gou　　yín gōu gou
金钩钩，银钩钩。

shuō huà yào suàn shù　　bù rán shì xiǎo gǒu
说话要算数，不然是小狗。

jīn gōu gou　　yín gōu gou　　shuō huà yào suàn shù
金钩钩，银钩钩，说话要算数，

shēn chū xiǎo mǔ zhǐ　　yī　　èr　　sān
伸出小拇指，一、二、三，

gōu ya gōu ya gōu sān gōu
勾呀勾呀勾三勾！

看我摸

pāi shǒuzhǎng kàn wǒ mō wǒ bù mō ya nǐ bié mō
拍手掌，看我摸，我不摸呀你别摸。

wǒ mō ěr duo nǐ yě mō ěr duo
我摸耳朵你也摸耳朵。

wǒ mō bí zi nǐ yě mō bí zi
我摸鼻子你也摸鼻子。

wǒ mō yǎn jing nǐ yě mō yǎn jing
我摸眼睛你也摸眼睛。

wǒ mō nǎo ké nǐ yě mō nǎo ké
我摸脑壳你也摸脑壳。

王婆婆

wáng pó po　　kuài shāo chá　　sān gè kè ren dào nǐ jiā
王婆婆，快烧茶，三个客人到你家，

hòu biān sān pǐ dà bái mǎ　　liǎng gè　hóu er　zài dǎ jià
后边三四大白马。两个"猴儿"在打架，

wáng pó po　　bié guǎn tā　　děng gé bì yāo mèi lái shōu shí tā
王婆婆，别管他，等隔壁幺妹来收拾他。

开城门

chéng mén chéng mén jǐ zhàng gāo
城门城门几丈高？

sān shí liù zhàng gāo
三十六丈高。

shàng de shén me suǒ
上的什么锁？

jīn gāng dà tiě suǒ
金钢大铁锁。

chéng mén chéng mén kāi bu kāi
城门城门开不开？

bù kāi bù kāi
不开不开！

dà dāo kǎn yě bù kāi
大刀砍，也不开；

dà fǔ kǎn hái bù kāi
大斧砍，还不开！

hǎo kàn wǒ yì zhǎng dǎ de chéng mén kāi
好！看我一掌打得城门开。

huā kāi le suǒ kāi le mén
哗！开了锁，开了门，

dà yáo dà bǎi jìn le chéng
大摇大摆进了城。

风来咧

fēng lái lie　yǔ lái lie
风来咧，雨来咧，

há ma bēi zhe gǔ lái lie
蛤蟆背着鼓来咧。

shén me gǔ　huā huā gǔ
什么鼓？花花鼓，

pīng pīng pāng pāng èr bǎi wǔ
乒乒乓乓二百五。

板凳板凳歪歪

bǎn dèng bǎn dèng wāi wāi　　　lǐ miàn zuò gè guāi guai
板凳板凳歪歪；里面坐个乖乖，

guāi guai chū lái mǎi cài　　　lǐ miàn zuò gè nǎi nai
乖乖出来买菜；里面坐个奶奶，

nǎi nai chū lái shāo tāng　　　lǐ miàn zuò gè gū niang
奶奶出来烧汤；里面坐个姑娘，

gū niang chū lái shū tóu　　　lǐ miàn zuò gè xiǎo hóu
姑娘出来梳头；里面坐个小猴，

xiǎo hóu chū lái zuò yī　　　lǐ miàn zuò gè gōng jī
小猴出来作揖；里面坐个公鸡，

gōng jī chū lái dǎ míng　　　lǐ miàn zuò gè dòu chóng
公鸡出来打鸣；里面坐个豆虫，

dòu chóng chū lái gū gū jiào　　　gū gū jiào
豆虫出来咕咕叫，咕咕叫。

摇摇摇

yáo yáo yáo　　yáo dào wài pó qiáo
摇摇摇，摇到外婆桥，

wài pó mǎi tiáo yú shāo shāo
外婆买条鱼烧烧，

tóu bù shú　　wěi ba jiāo
头不熟，尾巴焦，

chéng dào wǎn li bì bō tiào
盛到碗里毕剥跳。

bái mǐ fàn　　yú tāng jiāo
白米饭，鱼汤浇，

chī wán bǎo bao yòu lái yáo
吃完宝宝又来摇。

yáo yáo yáo　　yáo dào wài pó qiáo
摇摇摇，摇到外婆桥，

wài pó jiào wǒ hǎo bǎo bao
外婆叫我好宝宝，

táng yì bāo　　guǒ yì bāo
糖一包，果一包，

yòu yǒu tuán zi yòu yǒu gāo
又有团子又有糕。

柳哨儿歌

liǔ tiáo qīng　　liǔ tiáo wān
柳条青，柳条弯，

liǔ tiáo chuí zài xiǎo hé biān
柳条垂在小河边。

zhé zhī liǔ tiáo zuò liǔ shào
折支柳条做柳哨，

chuī zhī xiǎo qǔ chàng chūn tiān
吹支小曲唱春天。

跳房子

xiǎo bàng bàng　　xì yòu cháng
小棒棒，细又长，

huáng tǔ dì shang huà fáng fáng
黄土地上画房房。

xiǎo wǎ piàn　　sì fāng fāng
小瓦片，四方方，

wǒ hé huǒ bàn lái tiào fáng
我和伙伴来跳房。

fáng zi kuān　　fáng zi cháng
房子宽，房子长，

fáng jiān dà xiǎo bù yí yàng
房间大小不一样。

zuǒ yí tiào　　yòu yí tiào
左一跳，右一跳，

hǎo xiàng qīng wā tiào shuǐ táng
好像青蛙跳水塘。

nǐ yě tiào　　wǒ yě tiào
你也跳，我也跳，

tiào de xī shān luò tài yáng
跳得西山落太阳。

盖楼房

盖盖盖，盖楼房，我搬积木你帮忙。

一层红，一层黄，样子美观又大方。

一边忙，一边唱，楼房不断往上长。

一长长到蓝天上，窗口挂个大月亮！

开火车

陆 静 山

xiǎo bǎn dèng　　sì tiáo tuǐ　　yì zhāng yì zhāng jiē qǐ lái
小板凳，四条腿，一张一张接起来，

jiē chéng yí liè xiǎo huǒ chē　　huǒ chē wū wū xiàng qián kāi
接成一列小火车，火车呜呜向前开。

qù běi jīng　　wǎng běi kāi　　qù guǎng zhōu　　wǎng nán kāi
去北京，往北开；去广州，往南开；

qù shàng hǎi　　wǎng dōng kāi　　qù chóng qìng　　wǎng xī kāi
去上海，往东开；去重庆，往西开。

sì tōng bā dá kāi de kuài
四通八达开得快。

儿

歌

300

首

点点窝窝

鲁兵

diǎn diǎn wō wō　　diǎn diǎn wō wō
点点窝窝，点点窝窝，

bǎo bao xiào yi xiào　liǎng gè xiǎo jiǔ wō
宝宝笑一笑，两个小酒窝。

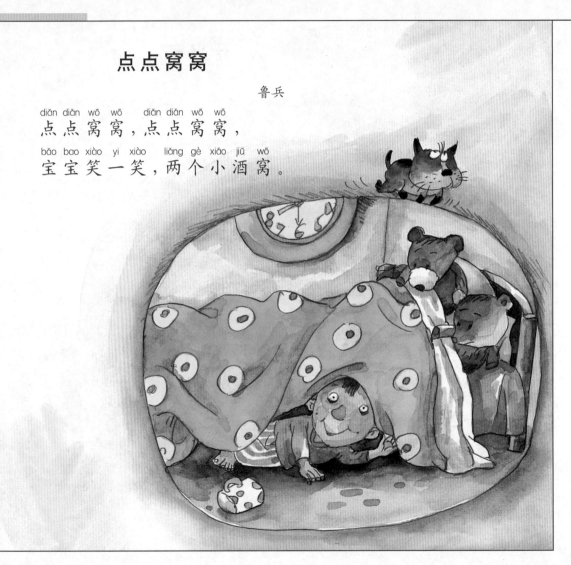

谁会这样

shuí huì fēi　niǎo huì fēi
谁会飞？鸟会飞。

niǎo er zěn yàng fēi
鸟儿怎样飞？

pū pū chì bǎng qù yòu huí
扑扑翅膀去又回。

shuí huì pǎo　mǎ huì pǎo
谁会跑？马会跑。

mǎ er zěn yàng pǎo
马儿怎样跑？

sì jiǎo lí dì shēn bù yáo
四脚离地身不摇。

儿
歌
300
首

菊花开

bǎn dèng bǎn dèng wāi wāi
板凳板凳歪歪，

jú huā jú huā kāi kāi
菊花菊花开开。

kāi jǐ duǒ kāi sān duǒ
开几朵？开三朵。

diē yì duǒ mā yì duǒ
爹一朵，妈一朵，

mèi mei tóu shang dài yì duǒ
妹妹头上戴一朵。

我学当司机

岸冈

大客车，嘀嘀嘀。今天我学当司机。

小朋友，快上车，上车下车不要挤。

老爷爷，别着急，有个空座留给你。

开车了，快坐好，下车也要讲秩序。

小羊乖乖

徐让

xiǎo yáng guāi guai   bǎ mén kāi kai
"小羊乖乖，把门开开，

kuài diǎn kāi kai   wǒ yào jìn lái
快点开开，我要进来。"

lǎo láng lǎo láng   hěn dú xīn cháng
"老狼老狼，狠毒心肠，

béng xiǎng piàn wǒ   jué bú shàng dàng
甭想骗我，决不上当。"

巧巧和小小

蒋静芬

yǒu gè bǎo bao jiào xiǎo xiao　xiǎo xiao jiě jie jiào qiǎo qiao
有个宝宝叫小小，小小姐姐叫巧巧。

qiǎo qiao hé xiǎo xiao　tóng qù kàn lǎo lao
巧巧和小小，同去看姥姥。

lǎo lao jiàn le hā hā xiào　yì shǒu chān qiǎo qiao
姥姥见了哈哈笑，一手搀巧巧，

yì shǒu lā xiǎo xiao　qiǎo qiao hé xiǎo xiao
一手拉小小。巧巧和小小，

dōu shì hǎo bǎo bao
都是好宝宝。

盆和瓶

zhuōshang fàng gè pén
桌上放个盆，

pén li fàng gè píng
盆里放个瓶。

pēng pēng pā pā
砰砰啪啪，

pā pā pēng pēng
啪啪砰砰，

bù zhī shì píng pèng pén
不知是瓶碰盆，

hái shì pén pèng píng
还是盆碰瓶？

PEN？PING？

打醋买布

yí wèi yé ye tā xìng gù
一位爷爷他姓顾,

shàng jiē dǎ cù yòu mǎi bù
上街打醋又买布。

mǎi le bù dǎ le cù
买了布,打了醋,

huí tóu kàn jiàn yīng zhuā tù
回头看见鹰抓兔。

fàng xià bù gē xià cù
放下布,搁下醋,

shàng qián qù zhuī yīng hé tù
上前去追鹰和兔。

fēi le yīng pǎo le tù
飞了鹰,跑了兔。

dǎ fān cù cù shī bù
打翻醋,醋湿布。

儿

歌

300

首

踢毽歌

yí gè jiàn er　　tī liǎng bàn er
一个毽儿，踢两瓣儿，

dǎ huā gǔ er　　rào huā xiàn er
打花鼓儿，绕花线儿。

lǐ guǎi wài guǎi　　bā xiān guò hǎi
里拐外拐，八仙过海。

qī jiǔ　　hé kāi
"七九"河开，

bā jiǔ　　yàn lái
"八九"燕来，

jiǔ jiǔ　　yì bǎi
"九九"一百！

折小鸟

少白

huā huā zhǐ　　zhé xiǎo niǎo
花花纸，折小鸟，

zuǐ er zhé de jiān　　wěi ba qiào yòu qiào
嘴儿折得尖，尾巴翘又翘。

niǎo mā ma　　kàn jiàn le
鸟妈妈，看见了，

fēi dào chuāng qián lái　　hǎn bǎo bao
飞到窗前来，喊宝宝。

儿

歌

300

首

巧巧和乔乔

yǒu gè xiǎo hái jiào qiǎo qiao　　qiǎo qiao gē ge jiào qiáo qiao
有个小孩叫巧巧，巧巧哥哥叫乔乔。

qiáo qiao huá chuán dài qiǎo qiao　　qiǎo qiao yào qù kàn lǎo lao
乔乔划船带巧巧，巧巧要去看姥姥。

huān yíng qiǎo qiao hé qiáo qiao
欢迎巧巧和乔乔。

墙上挂面鼓

qiángshang guà miàn gǔ
墙上挂面鼓,

gǔ shang huà lǎo hǔ
鼓上画老虎,

lǎo hǔ zhuā pò gǔ
老虎抓破鼓,

ná kuài bù lái bǔ
拿块布来补。

bù zhī shì bù bǔ gǔ
不知是布补鼓,

hái shì bù bǔ hǔ
还是布补虎?

儿
歌
300
首

张老六

zhāng lǎo liù　　lǐ lǎo liù
张老六，李老六，

liǎng gè lǎo liù qù mǎi ròu
两个老六去买肉，

mǎi le liù jīn liù liǎng liù kuài ròu
买了六斤六两六块肉。

我和鹅

wǒ shì wǒ é shì é
我是我，鹅是鹅，

wǒ bú shì é é bú shì wǒ
我不是鹅，鹅不是我。

é dù è wǒ wèi é
鹅肚饿，我喂鹅，

wǒ ài é é qīn wǒ
我爱鹅，鹅亲我。

高高山上一根藤

gāo gāo shānshang yì gēn téng
高高山上一根藤，

téng tiáo tóu shang guà tóng líng
藤条头上挂铜铃。

fēng chuī téng tiáo tóng líng dòng
风吹藤条铜铃动，

fēng dìng téng dìng tóng líng tíng
风定藤定铜铃停。

娃娃画画

王清秀

wá wa huà huà huà huā hua
娃娃画画画花花，

wá huà huā hua jiē guā gua
娃画花花结瓜瓜。

huā hua jiē guā gěi wá wa
花花结瓜给娃娃，

wá wa chī guā huà huā hua
娃娃吃瓜画花花。

儿

歌

300

首

向日葵

tóu dài huáng cǎo mào
头戴黄草帽,

shēn chuān lù sè páo
身穿绿色袍,

jiàn fēng diǎn diǎn tóu
见风点点头,

cháo zhe tài yáng xiào
朝着太阳笑。

大豆

yè er yuán yuán gè er xiǎo
叶儿圆圆个儿小，

quán shēn zhǎng mǎn xiǎo lián dāo
全身长满小镰刀，

dāo zi lǐ miàn jiē guǒ zi
刀子里面结果子，

guǒ zi kě zuò měi jiā yáo
果子可做美佳肴。

象棋

xiǎo xiǎo zhànchǎng　　yǒu bīng yǒu jiàng
小小战场，有兵有将，

chǔ hé liǎng àn　　zhàn dòu yì chǎng
楚河两岸，战斗一场。

经典童话系列丛书

热水瓶

xiǎo xiǎo bō li fáng　tiě pí zuò wéi qiáng
小小玻璃房，铁皮作围墙，

fáng nèi gǔn gǔn tàng　fáng wài bīng bīng liáng
房内滚滚烫，房外冰冰凉。

十个弟兄

shí gè dì xiōng zhù yì jiā   tóu shang gè dǐng yí piàn wǎ
十个弟兄住一家，头上各顶一片瓦，

xiǎo shì fēn chéng liǎng biān zuò   dà shì qí xīn dōu bú pà
小事分成两边做，大事齐心都不怕。

shí gè dì xiōng tā shì shuí   rén rén shēn shang dōu yǒu tā
十个弟兄他是谁？人人身上都有他！

虾

驼背老公公，

头上一蓬葱，

杀了不见血，

见汤就变红。

燕子

yī fu xiàng duàn zi
衣服像缎子，

wěi ba xiàng jiǎn zi
尾巴像剪子，

xián ní xiū fáng zi
衔泥修房子，

zhuō chóng wèi hái zi
捉虫喂孩子。

白鹅

tóu dài hóng mào zi　　shēn chuān bái páo zi
头戴红帽子，身穿白袍子，

shuō huà shēn bó zi　　zǒu lù bǎi jià zi
说话伸脖子，走路摆架子。

羊

年纪不算大，
胡子一大把，
爱吃青青草，
见人就叫妈。

辣椒

shēn chuān dà hóng ǎo
身穿大红袄，

xiàng chuàn dà biān pào
像串大鞭炮，

nǐ yǎo tā　　tā bú jiào
你咬它，它不叫；

tā yǎo nǐ　　hàn zhí mào
它咬你，汗直冒。

儿歌300首

桔子

xiǎo xiǎo hóng tán zi　zhuāngmǎn huáng jiǎo zi
小小红坛子，装满黄饺子，

chī le huáng jiǎo zi　tǔ chū bái qiú zi
吃了黄饺子，吐出白球子。

弹琴

bái hái zi hēi hái zi
白孩子，黑孩子，

tóng zhù yì jiān xiǎo fáng zi
同住一间小房子，

dǎ kāi xiǎo fáng zi
打开小房子，

àn dòng xiǎo shǒu zhǐ
按动小手指，

dīng dōng dīng dōng chàng qǔ zi
丁东丁东唱曲子。

儿歌300首

雨

qiān tiáo xiàn　　wàn tiáo xiàn
千条线，万条线，
luò zài shuǐ li kàn bú jiàn
落在水里看不见。

云

héng chōng zhí zhuàng mǎn tiān yóu
横 冲 直 撞 满 天 游,

xiàng hǔ xiàng lóng yòu xiàng gǒu
像 虎 像 龙 又 像 狗,

tài yáng zuì dú tā bú pà
太 阳 最 毒 它 不 怕,

dà fēng yì lái jiù táo zǒu
大 风 一 来 就 逃 走。

儿

歌

300

首

闪电

一条小神鞭，
藏在云里边，
轻轻甩一下，
亮了半边天。

叶子

辛勤

yǒu de xiàng jī xīn　　yǒu de xiàng mǎ guà
有的像鸡心，有的像马褂，

yǒu de xiàng jù chǐ　　yǒu de xiàng yuè yá
有的像锯齿，有的像月牙……

shù shì tā de jiā　　tā shì niǎo de jiā
树是它的家，它是鸟的家。

荷花

yí gè xiǎo gū niang　　zuò zài shuǐ zhōngyāng
一个小姑娘，坐在水中央，

shēnchuān fěn hóng shān　　zuò zài lù chuánshang
身穿粉红衫，坐在绿船上。

皮球

一个圆胖娃，娃娃都爱他，

有的用脚踢，有的动手打。

要是不打他，就是不爱他。

儿歌300首

筷子

liǎng gè xiōng dì yí yàngcháng
两个兄弟一样长，

nǐ yào chī fàn tā men bāng
你要吃饭它们帮，

xǐ huan gěi nǐ jiā cài
喜欢给你夹菜，

bú ài gěi nǐ yǎo tāng
不爱给你舀汤。

青蛙

shēn chuān lǜ páo xiǎo yīng xióng
身穿绿袍小英雄，

xià tiān tián li zhuō hài chóng
夏天田里捉害虫，

běi fēng yì chuī bú jiàn le
北风一吹不见了，

chūn lái yòu zài chí táng zhōng
春来又在池塘中。

儿
歌
300
首

气球

zhuàng rú xǐ guā　qīng sì é máo
状如西瓜，轻似鹅毛，

bù shēng chì bǎng　fēi de lǎo gāo
不生翅膀，飞得老高。

手套

hǎo sì yì shuāngshǒu
好似一双手，

shí gè shǒu zhǐ tou
十个手指头，

kàn kàn guāng shì pí
看看光是皮，

mō mō méi gǔ tou
摸摸没骨头。

儿歌300首

香蕉

xiōng dì jǐ gè zhēn hé qì
兄弟几个真和气，

zǒng shì bìng jiān zuò yì qǐ
总是并肩坐一起。

xiǎo shí xǐ ài lǜ zhuāng shù
小时喜爱绿装束，

lǎo lái dōu chuān huáng sè yī
老来都穿黄色衣。

熊猫

jiào māo bú shì māo
叫猫不是猫，

yǎn bèi hēi quān bāo
眼被黑圈包，

zhú yè shì liáng shi
竹叶是粮食，

zhēn guì yòu xī shǎo
珍贵又稀少。

儿歌300首

袋鼠

一物长得真奇怪，肚皮下面有口袋，

孩子袋里吃和睡，跑得不快跳得快。

麋鹿

tóu shang zhǎng shù chā
头 上 长 树 杈，

shēn shang yǒu xiǎo huā
身 上 有 小 花，

sì tuǐ pǎo de kuài
四 腿 跑 得 快，

xiàng lù yòu xiàng lú
像 鹿 又 像 驴。

儿

歌

300

首

大象

dà xiàng shēn tǐ dà yòu yuán
大象身体大又圆，

cháng cháng bí zi bǎ cǎo juǎn
长长鼻子把草卷；

sì tiáo dà tuǐ cū yòu duǎn
四条大腿粗又短，

xì xì wěi ba zài hòu biān
细细尾巴在后边。

长颈鹿

cháng jǐng lù　gè zi gāo
长颈鹿，个子高，

xì cháng bó zi yáo ya yáo
细长脖子摇呀摇，

yào chī shù mù zhēn fāng biàn
要吃树木真方便，

shēn chū bó zi chī gè bǎo
伸出脖子吃个饱。

骆驼

tóu xiàng mián yáng jǐng sì é　　bú shì niú mǎ bú shì luó
头像绵羊颈似鹅，不是牛马不是骡，

chī jìn xīn kǔ qiān lǐ xíng　　néng rěn kě lái néng rěn è
吃尽辛苦千里行，能忍渴来能忍饿。

经典童话系列丛书

马

zuǐ hòu liǎn cháng bí zi dà dǎ zhàng lā chē dōu yòng tā
嘴厚脸长鼻子大，打仗拉车都用它，

jiǎo shang jiā céng tiě dīng bǎn chí chěng qiān lǐ běn lǐng dà
脚上加层铁钉板，驰骋千里本领大。

蝙蝠

huì fēi bú shì niǎo　yǒu chì bù zhǎng máo
会飞不是鸟，有翅不长毛，

bái tiān xiū xi yè gàn huó　bǔ zhuō hài chóng běn lǐng gāo
白天休息夜干活，捕捉害虫本领高。

松鼠

xiàng shǔ què yòu wěi ba dà
像鼠却又尾巴大，

jiā li cóng lái méi yǒu tā
家里从来没有它，

shānshang ān jiā tā xǐ huan
山上安家它喜欢，

pá shānshàng shù běn lǐng dà
爬山上树本领大。

儿

歌

300

首

鲸

xiàng yú bú shì yú zhōngshēng hǎi li jū
像鱼不是鱼，终生海里居。

yuǎn kàn xiàng pēn quán   jìn kàn xiàng dǎo yǔ
远看像喷泉，近看像岛屿。

孔雀

huā guān tóu shang dài
花冠头上戴，

jǐn páo shēnshangchuān
锦袍身上穿，

wěi ba sì shàn xíng
尾巴似扇形，

zhǎn kāi rén rén ài
展开人人爱。

大雁

pái duì yuǎn xíng　　jì lǜ yán míng
排队远行，纪律严明，

chūn dào běi fāng　　shēn qiū nán xíng
春到北方，深秋南行。

啄木鸟

森林有位好医生，
sēn lín yǒu wèi hǎo yī shēng

专治树木蛀心病，
zhuān zhì shù mù zhù xīn bìng

嘴巴就是手术刀，
zuǐ ba jiù shì shǒu shù dāo

防止病害有本领。
fáng zhǐ bìng hài yǒu běn lǐng

儿歌300首

猫头鹰

miàn kǒng xiàng māo
面孔像猫，

qǐ fēi xiàng niǎo
起飞像鸟，

tiān tiān shàng yè bān
天天上夜班，

zhuō shǔ běn lǐng gāo
捉鼠本领高。

麻雀

xiǎo xiǎo wěi ba gāo gāo qiào
小 小 尾 巴 高 高 翘，

bú huì zǒu lù zhǐ huì tiào
不 会 走 路 只 会 跳，

fáng yán shù dòng shì tā jiā
房 檐 树 洞 是 它 家，

ài chī gǔ wù bù chī cǎo
爱 吃 谷 物 不 吃 草。

海星

yì zhāng fēng yè hóng tóng tóng　　bú zài shù shang zài hǎi zhōng
一张枫叶红彤彤，不在树上在海中，

huà chéng huī jìn kǒu li tūn　　zhì bìng jiàn shēn lì dà gōng
化成灰烬口里吞，治病健身立大功。

虾

tóu dài jiāng jūn mào　shēn chuān lǜ wài tào
头戴将军帽，身穿绿外套，

rè shuǐ xǐ gè zǎo　huàn jiàn dà hóng páo
热水洗个澡，换件大红袍。

蜗牛

shuō tā shì tiáo niú
说它是条牛，

bú qù lā lí tou
不去拉犁头，

shuō tā lì qì xiǎo
说它力气小，

bēi zhe fáng zi zǒu
背着房子走。

蚯蚓

shēn zi xì cháng xiàng mào chǒu
身子细长相貌丑，

ěr mù shǒu jiǎo dōu méi yǒu
耳目手脚都没有，

rì yè gōng zuò zài dì xià
日夜工作在地下，

zhuāng jia rén de hǎo péng you
庄稼人的好朋友。

儿

歌

300

首

蚕

bǎo bao shēn tǐ xì yòu cháng
宝宝身体细又长，

gàn qǐ huó lái zhēn zhèng máng
干起活来真正忙，

zào jiān wū zi méi mén chuāng
造间屋子没门窗，

hái bǎ zì jǐ suǒ jìn fáng
还把自己锁进房。

蝴蝶

tóu shang liǎng gēn máo　shēn chuān cǎi huā páo
头上两根毛，身穿彩花袍，

fēi wǔ huā cóng zhōng　kuài lè yòu xiāo yáo
飞舞花丛中，快乐又逍遥。

儿歌300首

蜻蜓

shēn zi xiàng tiě dīng
身子像铁钉，

yǎn jing xiàng xīng xing
眼睛像星星，

chì bǎng yǒu dà xiǎo
翅膀有大小，

zhǎng jiǎo bú huì pǎo
长脚不会跑。

七星瓢虫

shēn tǐ bàn qiú xíng　　bèi shang qī kē xīng
身体半球形，背上七颗星，

yá chóng zuì pà tā　　mián huā zuì huān yíng
蚜虫最怕它，棉花最欢迎。

儿

歌

300

首

蚂蚁

yuǎn wàng zhī má sā mǎn dì
远望芝麻撒满地，

jìn kàn hēi lǘ yùn dà mǐ
近看黑驴运大米。

bú pà shān gāo lù yòu dǒu
不怕山高路又陡，

zhǐ pà diào jìn rè guō li
只怕掉进热锅里。

枣树

yí gè pó po yuán zhōng zhàn
一个婆婆园中站，

shēn shang guà mǎn xiǎo jī dàn
身上挂满小鸡蛋，

yòu yǒu hóng lái yòu yǒu lù
又有红来又有绿，

jì hǎo chī lái yòu hǎo kàn
既好吃来又好看。

雨伞

yuǎn kàn xiàng zuò xiǎo yáng lóu
远看像座小洋楼，

jìn kàn xiàng gè xiǎo mán tou
近看像个小馒头，

rén zài shuǐ dǐ xià zǒu
人在水底下走，

shuǐ zài rén shàngmian liú
水在人上面流。

经典童话系列丛书

七个阿姨来摘果

yī èr sān sì wǔ liù qī
一二三四五六七，

qī liù wǔ sì sān èr yī
七六五四三二一，

qī gè ā yí lái zhāi guǒ
七个阿姨来摘果，

qī gè huā lán shǒuzhōng tí
七个花篮手中提，

qī gè guǒ zi bǎi qī yàng
七个果子摆七样：

píng guǒ táo er shí liu
苹果、桃儿、石榴、

shì zi lǐ zi lì zi lí
柿子、李子、栗子、梨。

六字歌

yī èr sān sì wǔ liù
一二三四五六，

mā ma shàng jí mǎi niú
妈妈上集买牛。

yí gè tóu　liǎng zhī jiǎo
一个头，两只角，

sān huā liǎn　sì tiáo tuǐ
三花脸，四条腿，

wǔ huā dà dù pí
五花大肚皮，

liù yuè zuò huó ji
六月做活计。

小白兔

金迈

一只白兔长得美，
两只耳朵三瓣嘴。
前腿短，后腿长，
蹦蹦跳跳四条腿。

儿歌300首

五指歌

yī èr sān sì wǔ
一二三四五，

shàng shān dǎ lǎo hǔ
上山打老虎，

lǎo hǔ dǎ bú dào
老虎打不到，

dǎ dào xiǎo sōng shǔ
打到小松鼠，

sōng shǔ yǒu jǐ gè
松鼠有几个，

ràng wǒ shǔ yi shǔ
让我数一数，

shǔ lái yòu shǔ qù
数来又数去，

yī èr sān sì wǔ
一二三四五。

一只小鸟叫喳喳

yì zhī xiǎo niǎo jiào zhā zhā
一只小鸟叫喳喳，

liǎng zhī qīng wā jiào guā guā
两只青蛙叫呱呱，

sān zhī xiǎo zhū hēng hēng hēng
三只小猪哼哼哼，

sì pǐ xiǎo mǎ guā dā dā
四匹小马呱哒哒。

wǔ gè wá wa xiào hā ha
五个娃娃笑哈哈，

fēn chī yí gè dà xī guā
分吃一个大西瓜。

数数歌

1像铅笔细又长，2像小鸭水上漂，
3像耳朵听声音，4像小旗随风飘，
5像称钩来卖菜，6像豆芽咧嘴笑，
7像镰刀割青草，8像麻花拧一遭，
9像勺子能盛饭，0像鸡蛋做蛋糕。

山上一只虎

shānshang yì zhī hǔ　　lín zhōng yì zhī lù
山上一只虎，林中一只鹿，

lù biān yì zhī zhū　　cǎo li yì zhī tù
路边一只猪，草里一只兔，

hái yǒu yì zhī shǔ　　shǔ yi shǔ
还有一只鼠，数一数，

yī　èr　sān　sì　wǔ
一、二、三、四、五，

hǔ　lù　zhū　tù　shǔ
虎、鹿、猪、兔、鼠。

儿歌300首

一二三

yī èr sān　　pá shàngshān
一二三，爬上山，

sì wǔ liù　　fān gēn tou
四五六，翻跟头，

qī bā jiǔ　　pāi pí qiú
七八九，拍皮球，

shēn chū liǎng zhǐ shǒu
伸出两只手，

shí gè shǒu zhǐ tou
十个手指头。

数蛤蟆

yì zhī há ma yì zhāng zuǐ
一只蛤蟆一张嘴，

liǎng gè yǎn jing sì tiáo tuǐ
两个眼睛四条腿，

pū tōng　pū tōng tiào xià shuǐ
扑通、扑通跳下水。

liǎng zhī há ma liǎng zhāng zuǐ
两只蛤蟆两张嘴，

sì gè yǎn jing bā tiáo tuǐ
四个眼睛八条腿，

pū tōng　pū tōng tiào xià shuǐ
扑通、扑通跳下水。

十条腿

赵术华

xiǎo hēi jī　liǎng tiáo tuǐ
小黑鸡，两条腿，

dà huáng niú　　sì tiáo tuǐ
大黄牛，四条腿，

qīng tíng liù tiáo tuǐ
蜻蜓六条腿，

zhī zhū bā tiáo tuǐ
蜘蛛八条腿，

páng xiè shí tiáo tuǐ
螃蟹十条腿，

qiū yǐn　　shàn yú méi yǒu tuǐ
蚯蚓、鳝鱼没有腿。

经典童话系列丛书

数角

yì tóu niú　liǎng zhī jiǎo
一头牛，两只角，

liǎng tóu niú　sì zhī jiǎo
两头牛，四只角，

sān tóu niú　jǐ zhī jiǎo
三头牛，几只角？

bié jí　bié jí
别急，别急，

qǐng kàn hǎo
请看好，

yào shì niú dú méi zhǎng jiǎo
要是牛犊没长角。

儿歌300首

外婆有只花猫咪

yī èr sān sì wǔ liù
一二三、四五六，

wài pó jiā yǒu jiù jiu
外婆家，有舅舅；

liù wǔ sì sān èr yī
六五四、三二一，

wài pó jiā yǒu xiǎo yí
外婆家，有小姨；

yī èr sān sì wǔ liù qī
一二三四五六七，

wài pó yǒu zhī huā māo mī
外婆有只花猫咪。

经典童话系列丛书

手搭手

yī èr sān pá pá gān sì wǔ liù tī zú qiú
一二三，爬爬竿；四五六，踢足球；

qī bā jiǔ shǒu dā shǒu dā gè huā jiào tái niū niu
七八九，手搭手，搭个花轿抬妞妞。

排队

jī jī jī, jī jī jī,
叽叽叽，叽叽叽，

yī èr sān sì wǔ liù qī
一二三四五六七，

qī zhī xiǎo jī pái duì zǒu
七只小鸡排队走，

qī liù wǔ sì sān èr yī
七六五四三二一。

摇篮曲

陈伯吹

风不吹，浪不高，小小的船儿轻轻摇，

小宝宝啊要睡觉！风不吹，树不摇，

小鸟不飞也不叫，小宝宝啊快睡觉。

风不吹，云不飘，蓝蓝的天空静悄悄，

小宝宝啊好好地睡一觉。

儿歌300首

宝宝要睡觉

江兰

小猫咪咪你别跳，小狗汪汪你别叫，

我家宝宝要睡觉。甜甜美美睡一觉，

醒来对你哈哈笑。

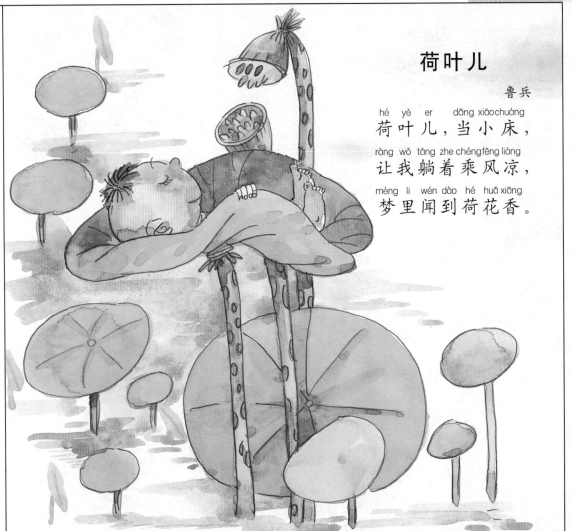

荷叶儿

鲁兵

hé yè er dāng xiǎo chuáng
荷叶儿，当小床，

ràng wǒ tǎng zhe chéng fēng liáng
让我躺着乘风凉，

mèng li wén dào hé huā xiāng
梦里闻到荷花香。

儿

歌

300

首

几只鸟

yì zhī má què kōngzhōng fēi
一只麻雀空中飞，

liǎng zhī yàn zi hòu mian zhuī
两只燕子后面追，

sān zhī xǐ què zhā zhā jiào
三只喜鹊喳喳叫，

sì zhī gē zi jǐn gēn suí
四只鸽子紧跟随，

qǐng nǐ hǎo hǎo xiǎng yi xiǎng
请你好好想一想，

gòng yǒu jǐ zhī niǎo zài fēi
共有几只鸟在飞？

我是乖孩子

xiǎo niǎo zì jǐ fēi
小鸟自己飞，

xiǎo māo zì jǐ pǎo
小猫自己跑。

wǒ shì guāi hái zi
我是乖孩子，

bú yào mā ma bào
不要妈妈抱。

儿

歌

300

首

我有一双小小手

wǒ yǒu yì shuāng xiǎo xiǎo shǒu
我有一双小小手，

néng xǐ liǎn lái néng shù kǒu
能洗脸来能漱口，

huì chuān yī huì shū tóu
会穿衣，会梳头，

zì jǐ shì qing zì jǐ zuò
自己事情自己做。

捶捶背

lǎo gōng gong　 bā shí suì
老公公，八十岁，

qǐng nín zuò xià lái
请您坐下来，

gěi nín chuí chuí bèi
给您捶捶背。

吹泡泡

chuī pào pao　　chuī pào pao
吹泡泡，吹泡泡，

pào pao yìng zhe liǎn er xiào
泡泡映着脸儿笑。

yī èr sān sì wǔ liù qī
一二三四五六七。

坐火车

xiǎo bǎn dèng bǎi yì pái
小板凳，摆一排，

xiǎo péng you men zuò shàng lái
小朋友们坐上来，

zhè shì huǒ chē pǎo de kuài
这是火车跑得快，

wǒ dāng sī jī bǎ chē kāi
我当司机把车开。

hōng lōng lōng lōng
轰隆隆隆，

hōng lōng lōng lōng wū wū
轰隆隆隆，呜！呜！

儿

歌

300

首

大卡车

dà kǎ chē　yùn huò máng
大卡车，运货忙，

dī dī　dī dī lǎ ba xiǎng
嘀嘀、嘀嘀喇叭响。

yùn lái yì chē dà píng guǒ
运来一车大苹果，

wǒ qǐng dà jiā cháng yi cháng
我请大家尝一尝。

春天到

chūn tiān dào　　chūn tiān dào
春天到，春天到，

shù shang xiǎo niǎo zhī zhī jiào
树上小鸟吱吱叫，

dì shang zhǎng chū xiǎo qīng cǎo
地上长出小青草，

hóng huā huáng huā kāi fàng le
红花黄花开放了。

儿歌 300 首

小牙刷

xiǎo yá shuā　shǒuzhōng ná
小牙刷，手中拿，

shàngshàng xià xià shuā shuā yá
上上下下刷刷牙。

lǐ lǐ wài wài zhēn gān jìng
里里外外真干净，

wǒ de yá chǐ bù shēngbìng
我的牙齿不生病。

量词歌

yí jià fēi jī tiān shàng fēi
一架飞机天上飞，

liǎng liàng qì chē lù shang pǎo
两辆汽车路上跑，

sān tiáo xiǎo yú shuǐ zhōng yóu
三条小鱼水中游，

sì zhī yā zi gā gā jiào
四只鸭子呷呷叫。

儿

歌

300

首

拍手歌

你拍一，我拍一，
常洗澡，勤换衣。
你拍二，我拍二，
天天不忘带手绢。
你拍三，我拍三，
身上有土快快掸。
你拍四，我拍四，
饭前洗手要牢记。

生日真热闹

xiǎo niǎo zhā zhā jiào　　xiǎo māo shàng xià tiào
小鸟喳喳叫，小猫上下跳，

xiǎo gǒu lái huí pǎo　　xiǎo xióng pāi shǒu xiào
小狗来回跑，小熊拍手笑，

jīn tiān wǒ sān suì　　shēng rì zhēn rè nao
今天我三岁，生日真热闹。

儿

歌

300

首

小猴拍皮球

xiǎo hóu xiǎo hóu pāi pí qiú
小猴小猴拍皮球，

yì pāi pāi dào shuǐ li tou
一拍拍到水里头，

xiǎo hóu jí de zhí náo tóu
小猴急得直挠头，

xiǎo yā yóu lái tuō qǐ qiú
小鸭游来托起球。

爱劳动

xiǎo mā bù sì fāng fāng
小抹布，四方方。

cā zhuō yǐ bú pà zāng
擦桌椅，不怕脏。

zhuō yǐ cā de zhēn gān jìng
桌椅擦得真干净，

mā ma kuā wǒ ài láo dòng
妈妈夸我爱劳动。

儿歌300首

小鸡和小鸭

xiǎo jī hé xiǎo yā
小 鸡 和 小 鸭，

yì qǐ guò jiā jiā
一 起 过 家 家。

xiǎo jī jī jī jī
小 鸡 叽 叽 叽，

xiǎo yā gā gā gā
小 鸭 呷 呷 呷。

xiǎo jī chī xiǎo chóng
小 鸡 吃 小 虫，

xiǎo yā chī yú xiā
小 鸭 吃 鱼 虾。

小鸡

xiǎo jī jī　jī jī jī　duǎn chì bǎng　chuānhuáng yī
小鸡鸡，叽叽叽，短翅膀，穿黄衣，

guāng huì zǒu　bú huì fēi　ài chī xiǎochóng hé xiǎo mǐ
光会走，不会飞，爱吃小虫和小米。

儿歌300首

小鸭

xiǎo yā yā　　gā gā gā
小鸭鸭，呷呷呷，

huáng máo mao　biǎn zuǐ ba
黄毛毛，扁嘴巴，

tiào jìn shuǐ li huì yóu yǒng
跳进水里会游泳。

ài chī xiǎo yú hé xiǎo xiā
爱吃小鱼和小虾。

经典童话系列丛书

小狗

xiǎo huā gǒu　 zhēn piào liang　 chuān zhe　yì　shēn huā　yī shang
小花狗，真漂亮，穿着一身花衣裳；

liǎng zhī yǎn jing hēi yòu liàng　jiào huàn qǐ　lái　wāngwāngwāng
两只眼睛黑又亮，叫唤起来：汪汪汪。

儿歌300首

小花猫

xiǎo huā māo　　miāo miāo jiào
小花猫，喵喵叫，

yuán yuán yǎn jing hú zi qiào
圆圆眼睛胡子翘。

yí bèng yí bèng zhēn jī ling
一蹦一蹦真机灵，

lǎo shǔ xiǎng pǎo kě pǎo bú diào
老鼠想跑可跑不掉。

经典童话系列丛书

小青蛙

xiǎo qīng wā　kuān zuǐ ba
小青蛙，宽嘴巴，

bái dù pí　lǜ yī fu
白肚皮，绿衣服，

chàng qǐ gē lái　guā guā guā
唱起歌来：呱呱呱。

小鸽子

xiǎo gē zi　　gū gū gū
小鸽子，咕咕咕，

fēi de gāo　　fēi de dī
飞得高，飞得低。

xiǎo gē　　　　xiè xie nǐ
小鸽 ，谢谢你，

wǒ yǒu　　　　qǐng nǐ jì
我有 ，请你寄。

小金鱼

xiǎo jīn yú zhēn měi lì
小金鱼，真美丽，

yuán yuán yǎn jing dà dù pí
圆圆眼睛大肚皮，

yáo yáo wěi ba zhāng zhāng zuǐ
摇摇尾巴张张嘴，

yóu lái yóu qù zhēn huān xǐ
游来游去真欢喜。

儿

歌

300

首

小蜜蜂

小蜜蜂，嗡嗡嗡，

飞到西，飞到东，

飞到花园去采蜜，

小小蜜蜂爱劳动。

天还没亮喔喔叫

xiǎo gōng jī　　hóng máo mao
小公鸡，红毛毛，

tiān hái méi liàng wō wō jiào
天还没亮喔喔叫，

jiào xǐng xiǎo dì　di
叫醒小弟弟，

qù zuò guǎng bō cāo
去做广播操。

shēn shēn shǒu　　wān wān yāo
伸伸手，弯弯腰，

bèng bèng tiào tiào shēn tǐ hǎo
蹦蹦跳跳身体好。

小画家

wǒ shì xiǎo huà jiā
我是小画家，

wǒ de shǒu er qiǎo
我的手儿巧，

huà de huà er shí zài hǎo
画的画儿实在好，

bú xìn nǐ lái qiáo yi qiáo
不信你来瞧一瞧。

xiǎo niǎo tiān shang fēi
小鸟天上飞，

tài yáng tóu shang zhào
太阳头上照，

xiǎo yáng chī qīng cǎo
小羊吃青草，

dà mǎ hé biān pǎo
大马河边跑。

说话

wū yā shuō huà guā guā guā
乌鸦说话呱呱呱，

má què shuō huà zhā zhā zhā
麻雀说话喳喳喳，

mǔ jī zhǐ huì gē gē jiào
母鸡只会咯咯叫，

yā zi mǎn kǒu gā gā gā
鸭子满口呷呷呷。

hǎo hái zi huì shuō huà
好孩子，会说话，

qīng qīng chǔ chǔ rén rén kuā
清清楚楚人人夸。

儿歌300首

写字

<ruby>歪<rt>wāi</rt></ruby> <ruby>脖<rt>bó</rt></ruby> <ruby>子<rt>zi</rt></ruby>，<ruby>趴<rt>pā</rt></ruby> <ruby>桌<rt>zhuō</rt></ruby> <ruby>子<rt>zi</rt></ruby>，<ruby>不<rt>bú</rt></ruby> <ruby>是<rt>shì</rt></ruby> <ruby>写<rt>xiě</rt></ruby> <ruby>字<rt>zì</rt></ruby> <ruby>好<rt>hǎo</rt></ruby> <ruby>姿<rt>zī</rt></ruby> <ruby>势<rt>shì</rt></ruby>，

<ruby>时<rt>shí</rt></ruby> <ruby>间<rt>jiān</rt></ruby> <ruby>久<rt>jiǔ</rt></ruby> <ruby>了<rt>le</rt></ruby> <ruby>变<rt>biàn</rt></ruby> <ruby>近<rt>jìn</rt></ruby> <ruby>视<rt>shì</rt></ruby>。<ruby>写<rt>xiě</rt></ruby> <ruby>字<rt>zì</rt></ruby> <ruby>身<rt>shēn</rt></ruby> <ruby>子<rt>zi</rt></ruby> <ruby>要<rt>yào</rt></ruby> <ruby>坐<rt>zuò</rt></ruby> <ruby>直<rt>zhí</rt></ruby>，

<ruby>眼<rt>yǎn</rt></ruby> <ruby>睛<rt>jing</rt></ruby> <ruby>离<rt>lí</rt></ruby> <ruby>纸<rt>zhǐ</rt></ruby> <ruby>是<rt>shì</rt></ruby> <ruby>一<rt>yì</rt></ruby> <ruby>尺<rt>chǐ</rt></ruby>。

盖新房

盖新房，喜洋洋，
一对燕子住房梁。
四月蛋，五月孵，
六月雏儿叫爹娘，
七月唧唧八月唱，
九月飞飞上南洋。

风儿累了

薛卫民

fēng er lèi le
风儿累了，

bù chuī le
不吹了；

xiǎo shù wán lèi le
小树玩累了，

bù yáo le
不摇了；

xiǎo gǒu wán lèi le
小狗玩累了，

bú tiào le
不跳了；

wá wa wán lèi le
娃娃玩累了，

shuì jiào le
睡觉了。

不吃小羊羔

xiǎo yáng gāo zhēn hǎo xiào pèng jiàn xiǎo huā bào
小羊羔，真好笑，碰见小花豹，

tā bǎ mā ma jiào
它把"妈妈"叫。

huā bào hài le sào qiāo qiāo zǒu kāi le
花豹害了臊，悄悄走开了。

wèi shá bù chī xiǎo yáng gāo
为啥不吃小羊羔？

mā ma zěn néng chī bǎo bao
"妈妈"怎能吃宝宝？

儿歌300首

布娃娃

bù wá wa　bù wá wa
布娃娃，布娃娃，

dà dà de yǎn jing hēi tóu fa
大大的眼睛黑头发。

yì tiān dào wǎn xiào hā hā
一天到晚笑哈哈，

yòu gān jìng lái yòu tīng huà
又干净来又听话。

wǒ lái bào bào nǐ
我来抱抱你，

zuò nǐ de hǎo mā ma
做你的好妈妈。

经典童话系列丛书

不哭

孙乃文

xiǎo hái xiǎo hái nǐ bié kū
小孩小孩你别哭，

jiě jie gěi nǐ mǎi běn shū
姐姐给你买本书：

xiǎo huā māo　　xiǎo bái māo
小花猫，小白猫，

lǐ miàn hái yǒu xiǎo yīng wǔ
里面还有小鹦鹉，

yīng wǔ xué yàn jiào
鹦鹉学燕叫，

yīng wǔ xué bù gǔ
鹦鹉学布谷，

bù kū bù kū bù kū
"不哭，不哭，不哭……"

小小羊

郑马

xiǎo xiǎo yáng　guāi wá wa
小小羊，乖娃娃，

chī qǐ cǎo lái bù dú bà
吃起草来不独霸，

yí huì er jiào mèi mei
一会儿叫"妹妹"，

yí huì er hǎn mā ma
一会儿喊"妈妈"。

红绿灯

皮作玖

gē ge zǒu　　wǒ yě zǒu
哥哥走，我也走，

wǒ hé gē ge shǒu lā shǒu
我和哥哥手拉手；

shǒu lā shǒu　　màn màn zǒu
手拉手，慢慢走，

yì zǒu zǒu dào mǎ lù kǒu
一走走到马路口，

kàn jiàn hóng dēng tíng yi tíng
看见红灯停一停，

kàn jiàn lù dēng kāi bù zǒu
看见绿灯开步走。

儿歌300首

十朵花，九个瓜

guā téng téng pá shàng jià yì kāi kāi chū shí duǒ huā
瓜藤藤，爬上架，一开开出十朵花。

shí duǒ huā jiǔ gè guā nà duǒ wèi shá bù jiē guā
十朵花，九个瓜，那朵为啥不结瓜？

hái zi wèn yé ye dá nà yì duǒ shì huǎng huā
孩子问，爷爷答：那一朵，是"谎花"，

kāi huǎng huā de bù jiē guā shuōhuǎng huà de méi rén kuā
开"谎花"的不结瓜，说谎话的没人夸！

经典童话系列丛书

冲锋枪

巴山

chōng fēng qiāng hēi yòu liàng
冲锋枪，黑又亮，

zhàn chǎng shàng mian bǎ gē chàng
战场上面把歌唱。

pīng pīng pīng pāng pāng pāng
乒乒乒，乓乓乓，

chàng de dí rén jiàn yán wáng
唱得敌人见阎王，

chàng de jiě fàng jūn shū shu xǐ yáng yáng
唱得解放军叔叔喜洋洋。

儿

歌

300

首

大苹果

dà píng guǒ   dà píng guǒ
大苹果，大苹果，

hóng hóng liǎn dàn jiù xiàng wǒ
红红脸蛋就像我。

wǒ bǎ píng guǒ gěi nǎi nai
我把苹果给奶奶，

wǒ bǎ píng guǒ gěi wài pó
我把苹果给外婆，

nǎi nai   wài pó cháng píng guǒ
奶奶、外婆尝苹果，

jiù xiàng yòng zuǐ qīn qīn wǒ
就像用嘴亲亲我！

小板凳

xiǎo bǎn dèng　zhēn tīng huà
小板凳，真听话，

gēn wǒ yì qǐ děng mā ma
跟我一起等妈妈。

mā ma xià bān huí lái le
妈妈下班回来了，

wǒ qǐng mā ma kuài zuò xià
我请妈妈快坐下。

儿

歌

300

首

萤火虫

萤火虫，夜夜红，

飞上天，雷打你；

飞下地，火烧你。

快来！快来！

我保你。

小鼓响咚咚

刘燕及

wǒ de xiǎo gǔ xiǎng dōng dōng　　wǒ shuō huà er　tā dōu dǒng
我的小鼓响咚咚，我说话儿它都懂，

wǒ shuō xiǎo gǔ xiǎng sān shēng　　wǒ de xiǎo gǔ　dōng　dōng　dōng
我说小鼓响三声，我的小鼓，咚！咚！咚！

āi yō yo　zhè bù xíng　　mèi mei shuì zài xiǎo chuáng zhōng
哎哟哟，这不行！妹妹睡在小床中，

wǒ shuō xiǎo gǔ bié xiǎng le　　xiǎo gǔ shuō shēng dǒng dǒng dǒng
我说小鼓别响了，小鼓说声：懂，懂，懂！

幼儿园里静悄悄

xiǎo péng you shuì wǔ jiào
小朋友，睡午觉，

yòu ér yuán li jìng qiāo qiāo
幼儿园里静悄悄。

xiǎo bèi tou tī fān le
小被头，踢翻了，

lǎo shī guò lái gài gài hǎo
老师过来盖盖好。

dì di mèng li hǎn mā ma
弟弟梦里喊"妈妈"，

lǎo shī tīng le wēi wēi xiào
老师听了微微笑。

月亮姑姑跟我走

江全章

yuè liang gū gu gēn wǒ zǒu　　wǒ kuài zǒu　　tā kuài zǒu
月亮姑姑跟我走，我快走，她快走，

wǒ màn zǒu　　tā màn zǒu　　gēn zài bié rén hòu mian zǒu
我慢走，她慢走。跟在别人后面走，

wǒ shuō yuè liang xiū xiū xiū
我说月亮羞羞羞！

儿

歌

300

首

我们都是好朋友

xiǎo niǎo er　　chéng qún fēi
小鸟儿，成群飞；

xiǎo yú er　　chéng qún yóu
小鱼儿，成群游；

xiǎo péng you　　shǒu lā shǒu
小朋友，手拉手；

pái qǐ duì wǔ xiàng qián zǒu
排起队伍向前走；

chàng zhe gē　　pāi zhe shǒu
唱着歌，拍着手，

wǒ men dōu shì hǎo péng you
我们都是好朋友。

经典童话系列丛书

大南瓜

lǎo nǎi nai shōu nán guā nán guā tián nán guā dà
老奶奶，收南瓜，南瓜甜，南瓜大，

ná bú dòng bào bú xià lái le yí gè xiǎo wá wa
拿不动，抱不下，来了一个小娃娃，

小猫照镜子

冯幽君

xiǎo huā māo　bú hài sào
小花猫，不害臊，

bù xǐ liǎn　bǎ jìng zhào
不洗脸，把镜照。

zuǒ biān zhào　yòu biān zhào
左边照，右边照，

mái yuàn jìng zi zāng
埋怨镜子脏，

qì de hú zi qiào
气得胡子翘。

小白兔

冯幽君

xiǎo bái tù t 　táo qì guǐ er
小白兔，淘气鬼儿，

xián zhe méi shì hào liě zuǐ er
闲着没事好咧嘴儿。

zuǒ yì liě 　yòu yì liě
左一咧，右一咧，

yì 　liě liě chéng sān bàn zuǐ er
一咧咧成三瓣嘴儿。

新年到

新年到，新年到，
提花灯，看花炮，
小娃娃，长一岁，
走路不用妈妈抱。

奶奶夸我孝顺儿

小板凳，三条腿，
我给奶奶嗑瓜子儿。
奶奶嫌我嗑得脏，
我给奶奶煮面汤。
奶奶嫌我煮得硬，
我给奶奶剥花生。
奶奶嫌我剥得慢，
我给奶奶蒸米饭。
大米饭，蒸得好，
奶奶夸我孝顺儿。

儿

歌

300

首

两只小象

liǎng zhī xiǎo xiàng hé biān zǒu　　yáng qǐ bí zi gōu yi gōu
两只小象河边走，扬起鼻子钩一钩，

jiù xiàng yí duì hǎo péng you　　jiàn miàn wò wò shǒu
就像一对好朋友，见面握握手。

经典童话系列丛书

小蝴蝶

xiǎo hú dié chuān huā yī
小蝴蝶，穿花衣，

qīng cǎo dì shang zuò yóu xì
青草地上做游戏。

fēi dào xī jī chī nǐ
飞到西，鸡吃你，

fēi dào dōng māo zhuā nǐ
飞到东，猫抓你，

fēi dào wǒ de shǒu xīn li
飞到我的手心里，

shuō shuō huà fàng le nǐ
说说话，放了你。

儿

歌

300

首

冬夜长

茹炳祥

dōng tiān yè li cháng　xià tiān bái tiān cháng
冬天夜里长，夏天白天长。

xià tiān bǐ dōng tiān yè li duǎn　dōng tiān bǐ xià tiān yè li cháng
夏天比冬天夜里短，冬天比夏天夜里长。

送茶

lán huā wǎn　kǒu er yuán
蓝花碗，口儿圆，

wǒ sòng xiāng chá dào tián jiān
我送香茶到田间，

lí dì shū shu hē yì wǎn
犁地叔叔喝一碗，

yì lí lí dào tiān biān biān
一犁犁到天边边。

春天真美丽

小雨

chūn tiān chūn tiān zhēn měi lì huā er hóng hóng cǎo er lǜ
春天春天真美丽，花儿红红草儿绿。
hú dié tiào qǐ wǔ mì fēng lái cǎi mì
蝴蝶跳起舞，蜜蜂来采蜜。
xiǎo péng you men shǒu lā shǒu chàng gē tiào wǔ zuò yóu xì
小朋友们手拉手，唱歌跳舞做游戏。
nǐ bù zhāi hóng huā wǒ bù cǎi lǜ dì
你不摘红花，我不踩绿地。
chūn tiān de měi lì rén rén ài
春天的美丽人人爱，
měi lì de chūn tiān zài wǒ xīn li
美丽的春天在我心里。

好朋友

樊发稼

jīn gōu gou　　yín gōu gou　　qǐng nǐ shēn chū xiǎo zhǐ tou
金钩钩，银钩钩，请你伸出小指头，

jiē jiē shí shí gōu yi gōu　　gōu yi gōu　　diǎn diǎn tóu
结结实实钩一钩。钩一钩，点点头，

yì qǐ chàng gē yòu tiào wǔ　　wǒ men dōu shì hǎo péng you
一起唱歌又跳舞，我们都是好朋友。

儿 歌 300 首

宝宝学画

袁秀兰

xiǎo là bǐ shǒuzhōng ná
小蜡笔，手中拿，

xiǎo bǎo bao xué huà huà
小宝宝，学画画。

huà zhī xiǎo gōng jī
画只小公鸡，

guān zi xiàng duǒ huā
冠子像朵花；

huà zhī xiǎo yā zi
画只小鸭子，

shuǐ zhōng gā gā gā
水中呷呷呷。

xiǎo bǎo bao lè hā hā
小宝宝，乐哈哈，

zhēn xiàng yí gè dà huà jiā
真像一个大画家。

国旗红

shén me hóng　guó qí hóng
什么红，国旗红。

guó qí shēng qǐ hóng tóng tóng
国旗升起红彤彤。

shén me liàng　jīn xīng liàng
什么亮，金星亮，

wǔ xīng hóng qí shǎn jīn guāng
五星红旗闪金光。

儿

歌

300

首

甜嘴巴

郑春华

xiǎo wá wa tián zuǐ ba
小娃娃，甜嘴巴，

hǎn mā ma hǎn bà ba
喊妈妈，喊爸爸，

hǎn de nǎi nai xiào diào yá
喊得奶奶笑掉牙。

排排坐

pái pái zuò　　chī guǒ guǒ
排排坐，吃果果，

nǐ yí gè　　wǒ yí gè
你一个，我一个，

mèi mei shuì le liú yí gè
妹妹睡了留一个。

我拉妈妈手

mā ma zǒu　　wǒ yě zǒu
妈妈走，我也走，

wǒ lā mā ma shǒu
我拉妈妈手。

dōng kàn kàn　　xī chōu chōu
东看看，西瞅瞅，

màn màn zǒu dào mǎ lù kǒu
慢慢走到马路口。

hóng dēng liàng le tíng yi tíng
红灯亮了停一停，

lù dēng liàng le dà bù zǒu
绿灯亮了大步走。

老师早

王森

xiǎo bǎo bao　bèng bèng tiào
小宝宝，蹦蹦跳，

zǒu jìn yòu er yuán
走进幼儿园，

xiān shuō　　lǎo shī zǎo
先说："老师早！"

tài yáng jiàn le　mī mī xiào
太阳见了眯眯笑，

niǎo er tīng le gēn zhe jiào
鸟儿听了跟着叫：

lǎo shī zǎo　lǎo shī zǎo
"老师早，老师早！"

bǎo bao cóng xiǎo yǒu lǐ mào
宝宝从小有礼貌。

儿

歌

300

首

老师本领大

lǎo shī lǎo shī běn lǐng dà
老师老师本领大，

huì zhé zhǐ huì huà huà
会折纸，会画画，

chàng gē tiào wǔ dǐng guā guā
唱歌跳舞顶呱呱，

wǒ men dà jiā dōu ài tā
我们大家都爱她。

幼儿园里真快乐

幼儿园里朋友多，有姐姐，有哥哥。

幼儿园里玩具多，滑梯荡船小汽车。

做游戏，唱儿歌。幼儿园里真快乐。

儿
歌
300
首

洗手

自来水，清又清，
zì lái shuǐ qīng yòu qīng

洗洗小手讲卫生，
xǐ xǐ xiǎo shǒu jiǎng wèi shēng

伸出手儿比一比，
shēn chū shǒu er bǐ yi bǐ

看谁洗得最干净。
kàn shuí xǐ de zuì gān jìng

经典童话系列丛书

睡午觉

圣野

xiǎo péng you　　shuì wǔ jiào
小朋友，睡午觉，

yòu ér yuán li　jìng qiāo qiāo
幼儿园里静悄悄。

xiǎo huā māo　dǒng lǐ mào
小花猫，懂礼貌，

bù chǎo bú jiào yě bú nào
不吵不叫也不闹，

zǒu qǐ lù lái qīng yòu qīng
走起路来轻又轻，

jìn wū shuí yě bù zhī dào
进屋谁也不知道。

儿歌 300 首

好孩子

徐青

小珍珍，卷袖子，帮助妈妈扫屋子，
忙得满头汗珠子。擦桌子，擦椅子，
拖得地板像镜子，照出一个小孩子。

羊

dà yáng dà　　xiǎo yáng xiǎo
大羊大，小羊小，

dà yáng xiǎo yáng shānshang pǎo
大羊小羊山上跑，

pǎo shàng pǎo xià chī qīng cǎo
跑上跑下吃青草。

小雪花

shì shuí qiāo zhe chuāng hù shā shā shā
是谁？敲着窗户沙沙沙。

shì wǒ wǒ shì xiǎo xuě huā
是我，我是小雪花。

wǒ cóng tiān kōng qīng qīng fēi xià lái
我从天空轻轻飞下来，

gào su nǐ men dōng tiān lái dào le
告诉你们："冬天来到了！"

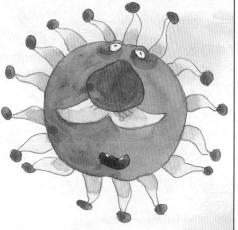

太阳公公

tài yáng gōng gong qīn qīn wǒ
太阳公公亲亲我，

wǒ de liǎn er hǎo nuǎn huo
我的脸儿好暖和。

tài yáng gōng gong mō mō wǒ
太阳公公摸摸我，

wǒ de shǒu er hǎo nuǎn huo
我的手儿好暖和。

tài yáng gōng gong duō ài wǒ
太阳公公多爱我，

wǒ gěi gōng gong chàng zhī gē
我给公公唱支歌。

儿

歌

300

首

月亮和星星

彭俐

yuè liang　　yuè liang　　shì mā ma　　xīng xing　　xīng xing　　shì wá wa
月亮，月亮，是妈妈，星星，星星，是娃娃。

yuè liang de zuǐ ba xiào yi xiào　　xīng xing de yǎn jing zhǎ yi zhǎ
月亮的嘴巴笑一笑，星星的眼睛眨一眨。

yuè liang hǎo　　hǎo mā ma　　xīng xing hǎo　　hǎo wá wa
月亮好，好妈妈；星星好，好娃娃。

小司机

dī dī dī dī dī dī
嘀嘀嘀！嘀嘀嘀！

wǒ shì yí gè xiǎo sī jī
我是一个小司机。

bà ba mā ma shàng chē ba
爸爸妈妈上车吧，

wǒ sòng nǐ men shàng bān qù
我送你们上班去。

荡秋千

xiǎo péng you men zhēn yǒng gǎn
小朋友们真勇敢，

yí shàng yí xià dàng qiū qiān
一上一下荡秋千。

nǐ xiàng niǎo er fēi shàng tiān
你像鸟儿飞上天，

wǒ xiàng yú er wǎng xià zuān
我像鱼儿往下钻。

轻轻地

郑春华

^{xiǎo tù xiǎo tù　qīng qīng tiào}
小兔小兔，轻轻跳。

^{xiǎo gǒu xiǎo gǒu　màn màn pǎo}
小狗小狗，慢慢跑。

^{yào shì cǎi téng xiǎo qīng cǎo}
要是踩疼小青草，

^{wǒ jiù bù gēn nǐ men hǎo}
我就不跟你们好！

儿

歌

300

首

滑滑梯

huá huá tī　huá huá tī
滑滑梯，滑滑梯，

nǐ xiān wǒ hòu bié zháo jí
你先我后别着急。

shàng qù hǎo xiàng pá dà shān
上去好像爬大山，

pá le yì jí yòu yì jí
爬了一级又一级。

xià lái hǎo xiàng zuò fēi jī
下来好像坐飞机，

hū hū yōu yōu luò dào dì
忽忽悠悠落到地。

画妈妈

xiǎo qiān bǐ shǒuzhōng ná
小铅笔，手中拿，

jīn tiān wǒ lái huà mā ma
今天我来画妈妈。

huà shuāng yǎn jing mī mī xiào
画双眼睛眯眯笑，

huà gè zuǐ ba xiào hā ha
画个嘴巴笑哈哈。

míng tiān wǒ qù yòu er yuán
明天我去幼儿园，

yào shì xiǎng mā ma
要是想妈妈，

wǒ jiù kàn kàn zhè zhāng huà
我就看看这张画。

儿歌300首

· 249 ·

摘花

盖尚锋

cǎo dì shang huā er hóng
草地上，花儿红，

yì duǒ duǒ xiào yíng yíng
一朵朵，笑盈盈，

xiǎo mèi xiǎng zhāi suō huí shǒu
小妹想摘缩回手，

tā pà huā er téng
她怕花儿疼。

小蚂蚁

yì zhī mǎ yǐ zài dòng kǒu　kàn jiàn yí lì dòu
一只蚂蚁在洞口，看见一粒豆，

yòng lì bān yě bān bú dòng　jí de zhí yáo tóu
用力搬也搬不动，急得直摇头。

xiǎo xiǎo mǎ yǐ xiǎng yi xiǎng　xiǎng chū hǎo bàn fǎ
小小蚂蚁想一想，想出好办法，

huí dòng qǐng lái hǎo péng you　tái zhe yì qǐ zǒu
回洞请来好朋友，抬着一起走。

儿

歌

300

首

眨眼睛

圣野

红灯红，红眼睛，

眼睛眨一眨，

车子停一停。

绿灯绿，绿眼睛，

眼睛眨一眨，

车子向前行。

我们的节日

liù yī de yángguāng hóng hóng de
"六一"的阳光红红的，

liù yī de xiān huā yàn yàn de
"六一"的鲜花艳艳的，

liù yī de gē shēng cuì cuì de
"六一"的歌声脆脆的，

liù yī de huān xiào měi měi de
"六一"的欢笑美美的，

liù yī shì shǔ yú wǒ men de
"六一"是属于我们的，

wǒ men de jié rì tián tián de
我们的节日甜甜的。

大山

张光昌

wǒ wèn dà shān　　nǐ zǎo
我问大山："你早！"

dà shān wèn wǒ　　nǐ zǎo
大山问我："你早！"

wǒ wèn dà shān　　nǐ hǎo
我问大山："你好！"

dà shān wèn wǒ　　nǐ hǎo
大山问我："你好！"

qiáo　　wǒ men de dà shān
瞧，我们的大山，

duō yǒu lǐ mào
多有礼貌！

小星星

袁鹰

dōng fāng yì kē xiǎo xīng xing
东方一颗小星星，

xī fāng yì kē xiǎo xīng xing
西方一颗小星星，

yì kē xīng liǎng kē xīng
一颗星，两颗星，

mǎn tiān dōu shì xiǎo xīng xing
满天都是小星星。

zhè biān yí gè hǎo péng you
这边一个好朋友，

nà biān yí gè hǎo péng you
那边一个好朋友，

zhè biān lái nà biān lái
这边来，那边来，

dào chù dōu yǒu hǎo péng you
到处都有好朋友。

儿

歌

300

首

小金鱼

放平

yì tiáo xiǎo yú shuǐ li yóu　gū gū dān dān zài fā chóu
一条小鱼水里游，孤孤单单在发愁。

liǎng tiáo xiǎo yú shuǐ li yóu　yáo yáo wěi ba diǎn diǎn tóu
两条小鱼水里游，摇摇尾巴点点头。

sān tiáo xiǎo yú shuǐ li yóu　kuài kuài huo huo zuò péng you
三条小鱼水里游，快快活活做朋友。

蚕宝宝

cán bǎo bao　zhēn xī qí
蚕宝宝，真稀奇，

xiǎo shí xiàng mǎ yǐ　zhǎng dà chuān bái yī
小时像蚂蚁，长大穿白衣，

tǔ chū sī lái cháng yòu xì　zhī chéng chóu duàn zhēn měi lì
吐出丝来长又细，织成绸缎真美丽。

荷花红

hé huā hóng　　hé yè yuán　　yuán yuán hé yè xiàng zhī chuán
荷花红，荷叶圆，圆圆荷叶像只船。

xiǎo qīng wā　　chuān lǜ shān　　bā dā　yì shēng tiào shàng biān
小青蛙，穿绿衫，叭嗒一声跳上边。

tiào shàng biān　　kuài kāi chuán　　yì huá huá dào hé duì àn
跳上边，快开船，一划划到河对岸……

我们唱个歌

我们唱个歌，
wǒ men chàng gè gē

树上有鸟窝，
shù shang yǒu niǎo wō

一窝两窝三四窝，
yì wō liǎng wō sān sì wō

五窝六窝七八窝，
wǔ wō liù wō qī bā wō

鸟儿为我们除害虫，
niǎo er wèi wǒ men chú hài chóng

认真保护别去捉。
rèn zhēn bǎo hù bié qù zhuō

儿歌300首

小白鹅

chuān bái yī　dài hóng mào　zǒu lù yáo bǎi bǎi
穿白衣，戴红帽，走路摇摆摆。

nǐ shì shuí　jiào shén me
"你是谁？叫什么？"

wǒ shì é　zài chàng gē
"我是鹅，在唱歌。"

chàng de shá　　　ō ō ō
"唱的啥？" "哦哦哦。"

shuí jiāo de　　　wǒ wǒ wǒ
"谁教的？" "我我我。"

小蝌蚪

xiǎo kē dǒu　xì wěi ba
小蝌蚪，细尾巴，

shēn zi hēi　nǎo dài dà
身子黑，脑袋大。

shuǐ li shēng　shuǐ li zhǎng
水里生，水里长。

zhǎng zhe zhǎng zhe jiù biàn la
长着长着就变啦！

duō le sì tiáo tuǐ　shǎo le xì wěi ba
多了四条腿，少了细尾巴，

tuō xià hēi yī shang　huàn shàng lǜ kù guà
脱下黑衣裳，换上绿裤褂。

yí　biàn chéng yì zhī xiǎo qīng wā
咦！变成一只小青蛙。

儿歌300首

一把锄头两面光

yì bǎ chú tou liǎng miànguāng
一把锄头两面光，

wā kuài cài dì sì fāng fāng
挖块菜地四方方，

yòu zhòngcōng huā yòu zhòngsuàn
又种葱花又种蒜，

yòu zhòng luó bo yòu zhòngjiāng
又种萝卜又种姜。

jiāng wèi là cōng wèi xiāng
姜味辣，葱味香，

luó bo tián de xiàng bīng táng
萝卜甜得像冰糖。

色彩歌

yá cài zhǔ xiā gōng
芽菜煮虾公,

yá cài bái　 xiā gōng hóng
芽菜白,虾公红,

hóng bái xiāng jiàn zài pán zhōng
红白相间在盘中,

hái yǒu jǐ tiáo jiǔ cài lù cōng cōng
还有几条韭菜绿葱葱。

儿

歌

300

首

· 263 ·

卧牛

tiān gāo dì gāo　　liǎng tiáo niú er wò dǎo
天高地高，两条牛儿卧倒。

tiān shang shì shén me　　cǎi xiá
天上是什么？彩霞。

dì shang shì shén me　　zhuāng jia
地上是什么？庄稼。

shān shang shì shén me　　hóng huā
山上是什么？红花。

shuǐ li shì shén me　　yú xiā
水里是什么？鱼虾。

yú xiā shàng wǎng lái　　liǎng tiáo niú er qǐ lái
鱼虾上网来，两条牛儿起来。

经典童话系列丛书

搬鸡蛋

xiǎo lǎo shǔ　bān jī dàn
小老鼠，搬鸡蛋，

jī dàn dà le zěn me bàn
鸡蛋大了怎么办？

yì zhī lǎo shǔ dì xià tǎng
一只老鼠地下躺，

jǐn jǐn bào zhù dà jī dàn
紧紧抱住大鸡蛋。

yì zhī lǎo shǔ lā wěi ba
一只老鼠拉尾巴，

gū lū gū lū huí jiā zhuǎn
咕噜咕噜回家转。

迎年谣

èr shí sān　　jì zào tiān
二十三，祭灶天。

èr shí sì　　mǎi duì zi
二十四，买对子。

èr shí wǔ　　zuò dòu fu
二十五，做豆腐。

èr shí liù　　gē nián ròu
二十六，割年肉。

èr shí qī　　shā nián jī
二十七，杀年鸡。

èr shí bā　　zhēng zǎo huā
二十八，蒸枣花。

èr shí jiǔ　　huí xiāng dǒu
二十九，掴香斗。

sān shí er　　hào yóu er
三十儿，耗油儿。

chū yī er　　kē tóu er
初一儿，磕头儿。

chū èr er　　dǐng niú er
初二儿，顶牛儿。

经典童话系列丛书

十二月歌

zhēng yuè yào bǎ lóng dēng shuǎ　èr yuè yào bǎ fēng zhēng zhā
正月要把龙灯耍，二月要把风筝扎，

sān yuè qīng míng bǎ liǔ chā　sì yuè mǔ dān zhèng kāi huā
三月清明把柳插，四月牡丹正开花，

wǔ yuè lóng chuán xià hé bà　liù yuè yào bǎ shàn zi ná
五月龙船下河坝，六月要把扇子拿，

qī yuè shuāng xīng qiáo shang huì　bā yuè zhōng qiū kàn guì huā
七月双星桥上会，八月中秋看桂花，

jiǔ yuè chóng yáng dēng gāo qù　shí yuè chū shí dǎ cí bā
九月重阳登高去，十月初十打糍粑，

dōng yuè tiān hán yào kǎo huǒ　là yuè guò nián bǎ zhū shā
冬月天寒要烤火，腊月过年把猪杀。

儿歌300首

萤火虫

yíng huǒ chóng　yíng huǒ chóng
萤火虫，萤火虫，

fēi dào cǎo cóng li
飞到草丛里，

zuò le yí gè mèng
做了一个梦：

biàn chéng xiǎo xīng xing
变成小星星，

guà zài tiān kōngzhōng
挂在天空中。

片片飞来像蝴蝶

qiū fēng chuī　shù yè yáo
秋风吹，树叶摇，

hóng yè huáng yè wǎng xià diào
红叶黄叶往下掉。

hóng shù yè　huáng shù yè
红树叶，黄树叶，

piàn piàn fēi lái xiàng hú dié
片片飞来像蝴蝶。

儿

歌

300

首

云

yún wǎng nán　yǔ lián lián　yún wǎng běi　yí zhèn hēi
云往南，雨涟涟，云往北，一阵黑。

yún wǎng dōng　yí zhèn fēng　yún wǎng xī　fàng niú xiǎo huǒ zi pī suō yī
云往东，一阵风。云往西，放牛小伙子披蓑衣。

雪花

xuě huā xuě huā
雪花，雪花，

nǐ yǒu jǐ gè xiǎo huā bàn
你有几个小花瓣？

wǒ yòng shǒu xīn jiē zhù nǐ
我用手心接住你，

ràng wǒ shǔ shǔ kàn
让我数数看：

yī èr sān sì wǔ liù
一、二、三、四、五、六。

yí gāng shǔ wán
咦，刚数完，

xuě huā bú jiàn le
雪花不见了？

zhǐ liú xià yí gè yuán yuán de xiǎo shuǐ diǎn
只留下一个圆圆的小水点。

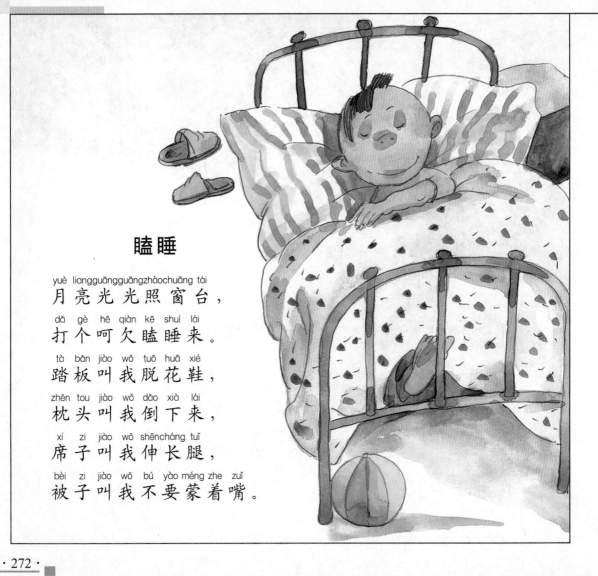

瞌睡

yuè liàng guāng guāng zhào chuāng tái
月亮光光照窗台，

dǎ gè hē qiàn kē shuì lái
打个呵欠瞌睡来。

tà bǎn jiào wǒ tuō huā xié
踏板叫我脱花鞋，

zhěn tou jiào wǒ dǎo xià lái
枕头叫我倒下来，

xí zi jiào wǒ shēn cháng tuǐ
席子叫我伸长腿，

bèi zi jiào wǒ bú yào méng zhe zuǐ
被子叫我不要蒙着嘴。

小青蛙

guā guā guā　　guā guā guā　　wǒ shì jiāo ào de xiǎo qīng wā
呱呱呱，呱呱呱，我是骄傲的小青蛙。

bái dù pí　　dà zuǐ ba　　liǎng zhī yǎn jing yuán gǔ gǔ
白肚皮，大嘴巴，两只眼睛圆鼓鼓，

bèi shang huà zhe lù huā huā　　nǐ yào wèn wǒ shì nǎ yí gè
背上画着绿花花，你要问我是哪一个，

wǒ shì jiāo ào de xiǎo qīng wā　　guā guā guā　　guā guā guā
我是骄傲的小青蛙，呱呱呱，呱呱呱。

下雪了

少白

下雪了，下雪了，小河变胖了，小屋长高了，

世界变白了，娃娃的鼻子变红了！

小猫的胡子

商殿举

wǒ shuō xiǎo māo bú xiàng huà
我说小猫不像话，

shēng lái jiù xiǎng dāng bà ba
生来就想当爸爸。

xiǎo māo pā wǒ ěr duo biān
小猫趴我耳朵边，

gēn wǒ shuō gè qiāo qiāo huà
跟我说个悄悄话：

méi yǒu hú zi xiàng xiǎo hái er
"没有胡子像小孩儿，

lǎo shǔ jiàn le bú hài pà
老鼠见了不害怕。"

儿
歌
300
首

小孩你别哭

xiǎo hái xiǎo hái nǐ bié kū
小 孩 小 孩 你 别 哭，

guò le là bā jiù shā zhū
过 了 腊 八 就 杀 猪；

xiǎo hái xiǎo hái nǐ bié chán
小 孩 小 孩 你 别 馋，

guò le là bā jiù shì nián
过 了 腊 八 就 是 年。

小蝌蚪

shuǎi zhe wěi ba sì chù yóu
甩着尾巴四处游，

xiān zhǎngliǎng tiáo tuǐ zài zhǎngliǎng zhī shǒu
先长两条腿，再长两只手。

yóu a yóu bú jiàn le xiǎo wěi ba
游啊游，不见了小尾巴。

yí à biàn chéng yì zhī piào liang de dà qīng wā
咦？啊！变成一只漂亮的大青蛙。

儿
歌
300
首

猫剪胡子老鼠笑

李光迪

xiǎo huā māo　zhēn ài qiào
小花猫，真爱俏，

duì zhe jìng zi zhào ya zhào
对着镜子照呀照。

tā xián hú zi bù hǎo kàn
它嫌胡子不好看，

cā cā cā cā　quán jiǎn diào
"嚓嚓嚓嚓"全剪掉。

xiǎo lǎo shǔ　kàn jiàn le
小老鼠，看见了，

duǒ zài yì páng xiào ya xiào
躲在一旁笑呀笑。

māo jiǎn hú zi lǎo shǔ xiào
猫剪胡子老鼠笑，

zhè shì wèi shá shuí zhī dào
这是为啥谁知道？

找妈妈

xiǎo kē dǒu er xiǎo wěi ba
小蝌蚪儿小尾巴，

yóu lái yóu qù zhǎo mā ma
游来游去找妈妈：

mā ma mā ma nǐ zài nǎ
"妈妈，妈妈，你在哪？"

lái la lái la wǒ lái la
"来啦，来啦，我来啦。"

儿歌300首

小小鸡

小小鸡，叽叽叽，跑到东，跑到西，

伸着小小尖尖嘴，青草地里找虫吃。

经典童话系列丛书

秋天

fēng shù yè　chuānhóng ǎo
枫树叶，穿红袄，

yín xìng yè　chuānhuáng ǎo
银杏叶，穿黄袄，

yáng liǔ yè　suí fēng piāo
杨柳叶，随风飘。

wǒ zhī dào　wǒ zhī dào
我知道，我知道，

zhǔn shì qiū tiān lái dào le
准是秋天来到了。

儿

歌

300

首

夏天到

xià tiān dào   xià tiān dào
夏天到，夏天到，

hóng hóng de   tài yáng dāng tóu zhào
红红的太阳当头照。

shù shang zhī liǎo jiào
树上知了叫，

hé li qīng wā tiào
河里青蛙跳，

dì li zhuāng jia zhǎng de hǎo
地里庄稼长得好。

风的家

潘仲龄

fēng er fēng er méi yǒu jiā
风儿风儿没有家，

bái tiān hēi yè zhǎo mā ma
白天黑夜找妈妈。

wǒ bǎ chuāng zi dǎ kāi la
我把窗子打开啦，

fēng er fēng er jìn lái ba
风儿风儿进来吧！

zhè shì wǒ de jiā yě shì nǐ de jiā
这是我的家，也是你的家。

小乌龟

江日

xiǎo wū guī　sì tiáo tuǐ
小乌龟，四条腿，

huì zǒu lù　huì yóu shuǐ
会走路，会游水。

fēng chuī máng suō tóu
风吹忙缩头，

yǔ dǎ biàn shōu wěi
雨打便收尾。

shēn chuān tiě jiǎ yī
身穿铁甲衣，

yuán lái shì gè dǎn xiǎo guī
原来是个胆小龟。

冬天到

李文雁

xuě huā piāo piāo
雪 花 飘 飘，

dōng tiān lái dào
冬 天 来 到。

sōng shǔ huí wō
松 鼠 回 窝，

xiǎo xióng shuì jiào
小 熊 睡 觉，

běi fēng xún luó
北 风 巡 逻，

xuě rén fàng shào
雪 人 放 哨。

满天星

mǎn tiān xīng　　liàng jīng jīng
满天星，亮晶晶，

wá wa dài wǒ shàng tiān gōng
娃娃带我上天宫，

fēi dào tiān shàng zhāi kē xīng
飞到天上摘颗星，

chēng chēng xīng er yǒu duō zhòng
称称星儿有多重。

经典童话系列丛书

风娃娃

fēng wá wa　　méi lǐ mào
风娃娃，没礼貌，

sā kāi jiǎo　　dào chù pǎo
撒开脚，到处跑，

zhuàng dào le xiǎo shù
撞到了小树，

cǎi téng le mài miáo
踩疼了麦苗，

bù shuō yì shēng duì bu qǐ
不说一声对不起，

hái zài yì páng chuī kǒu shào
还在一旁吹口哨。

太阳

tài yáng bú shài cǎo bú lǜ
太阳不晒草不绿，

tài yáng bú shài huā bù xiāng
太阳不晒花不香，

tài yáng bú shài guǒ bù shú
太阳不晒果不熟，

tài yáng bú shài miáo bù zhǎng
太阳不晒苗不长。

bèi wō yě yào shài tài yáng
被窝也要晒太阳，

tài yáng shài le nuǎn yáng yáng
太阳晒了暖洋洋，

shēn tǐ yě yào tài yáng shài
身体也要太阳晒，

tài yáng shài le cái jiàn kāng
太阳晒了才健康。

小斑马

谢采筏

xiǎo bān mǎ shàng xué xiào
小斑马，上学校，

zōng bái qiān bǐ mǎi liǎng tào
棕白铅笔买两套。

lǎo shī jiào tā huà tú huà
老师叫他画图画，

tā zài shēnshang huà dào dao
他在身上划道道。

儿歌300首

小鸵鸟

谢采筏

xiǎo tuó niǎo　　pí qì guài
小鸵鸟，脾气怪，

nǎi nai hǎn tā tā bù cǎi
奶奶喊它它不睬。

nǎo dai zuān zài cǎo duī li
脑袋钻在草堆里，

zuǐ li hǎn zhe　 wǒ bú zài
嘴里喊着"我不在"。

小蟋蟀

谢采筱

tiān bú pà　　dì bú pà
天 不 怕，地 不 怕，

jiù pà huí jiā bà ba mà
就 怕 回 家 爸 爸 骂。

bà ba mà　　wèi de shá
爸 爸 骂，为 的 啥？

bù ài xué xí ài dǎ jià
不 爱 学 习 爱 打 架。

儿

歌

300

首

蝴蝶飞

金波

zhuī zhuī hú dié fēi
追、追，蝴蝶飞。

fēi yuǎn la bú jiàn la
飞远啦，不见啦。

fēi guò zhú lí ba
飞过竹篱笆，

biàn chéng yì duǒ huā
变成一朵花！

嘴巴

陈启乐

gōng jī yǒu gè jiān jiān zuǐ
公鸡有个尖尖嘴，

yā zi yǒu gè biǎn biǎn zuǐ
鸭子有个扁扁嘴，

lǎo yīng yǒu gè wān wān zuǐ
老鹰有个弯弯嘴，

lǐ yú yǒu gè yuán yuán zuǐ
鲤鱼有个圆圆嘴。

tù er yǒu gè sān bàn zuǐ
兔儿有个三瓣嘴，

zhū er yǒu gè qiào zuǐ zuǐ
猪儿有个翘嘴嘴。

大雁

侯天祥

qiū fēng chuī yàn nán fēi
秋风吹，雁南飞，

zhěngzhěng qí qí pái hǎo duì
整整齐齐排好队。

chūn fēng chuī yàn běi huí
春风吹，雁北回，

tuán jié yì qǐ qīn xiōng mèi
团结一起亲兄妹。

西瓜

谢武彰

xī guā dà　xī guā yuán　xī guā xiāng　xī guā tián
西瓜大，西瓜圆。西瓜香，西瓜甜。

xī guā zhī　xī guā piàn　péi wǒ men　guò xià tiān
西瓜汁，西瓜片，陪我们，过夏天。

儿

歌

300

首

蒲公英

吴成

cǎo dì shang fēng er chuī
草地上，风儿吹，

pú gōng yīng dǎ kē shuì
蒲公英，打瞌睡，

mèng jiàn huái li xiǎo bǎo bao
梦见怀里小宝宝，

biàn chéng sǎn bīng mǎn tiān fēi
变成伞兵满天飞。

经典童话系列丛书

香蕉

杜虹

xiāng jiāo xiāng jiāo
香蕉香蕉,

liǎng tóu qiào qiào
两头翘翘,

xiàng zhī xiǎo chuán
像只小船,

shuǐ li piāo piāo
水里漂漂。

piāo dào àn biān
漂到岸边,

shēn shǒu lāo lāo
伸手捞捞。

lāo lái gěi shuí
捞来给谁?

gěi méi yá de lǎo lao
给没牙的姥姥。

桃花船

常福生

táo huā bàn　yí piàn piàn　hǎo xiàng hóng sè xiǎo yǔ diǎn
桃花瓣，一片片，好像红色小雨点。

xiǎo yǔ diǎn　piāo shuǐ miàn　biàn chéng xǔ duō táo huā chuán
小雨点，漂水面，变成许多桃花船。

táo huā chuán　zhēn hǎo kàn　mǎ yǐ zuò shàng qù yóu wán
桃花船，真好看，蚂蚁坐上去游玩。

蘑菇

商殿举

guā fēng la　　xià yǔ la
刮风啦，下雨啦，

mì fēng méi chù duǒ
蜜蜂没处躲，

mǎ yǐ dào chù pá
蚂蚁到处爬。

mó gu shuō　　kuài lái ba
蘑菇说："快来吧！

kuài kuài dào wǒ bàn dǐ xià
快快到我瓣底下。"

儿歌300首

七个好兄弟

朱晋杰

duō lái mǐ fǎ suō lā xī
多来米法梭拉西，

wǒ men qī gè hǎo xiōng dì
我们七个好兄弟。

yǒu de sǎng mén cū
有的嗓门粗，

yǒu de sǎng mén xì
有的嗓门细，

yǒu de shēng yīn gāo
有的声音高，

yǒu de shēng yīn dī
有的声音低，

tiān tiān péi zhe xiǎo péng you
天天陪着小朋友，

chàng gē tiào wǔ zuò yóu xì
唱歌跳舞做游戏。